CONTENTS

目 录

Notes on
Writting Weird Fiction
怪奇小说写作札记

我写故事是因为目睹了某些东西。艺术和文学作品当中的情境、想法、事件，还有影像，传达给我许多惊奇、美好，以及对冒险的期待。借助写作，它们从模糊难懂的碎片变得翔实清晰完整。我之所以选择怪奇故事，是因为它们最符合我的喜好。我最强烈和最执着的愿望是即刻实现奇特幻想——暂停或者违背时间、空间、自然法则的约束。这些法则曾囚禁了我们的好奇心，使它无法进入人类视野难以抵达的无限宇宙。怪奇故事往往强调恐怖元素，因为恐惧是我们最深、最浓烈的情感，它有助于创造出违背自然的幻想。恐惧和未知、陌生总是紧密相连，如果不对恐惧进行强化，那些打破自然规律，涉及外星人，或者"外视性"场景的描写，很难令人信服。时间在我的许多故事中扮演着重要角色。这个元素时常萦绕在我的脑海，时间是宇宙之中最具戏剧性，并且最为冷酷的东西。在我看来，时间冲突是人类表达当中最有力和最丰富的主题。

尽管我写作方式的独特和狭隘显而易见，但它仍是一种恒久的表达方式，正如文字本身一样久远。总会有一小部分人对未知的外太空燃起好奇心，他们渴望从真实和已知的牢笼中逃脱，进入魔法之地，开始不可思议的冒险，从而尝试无限可能。在那里，梦想向我们敞开，深邃的森林、奇异的城市塔楼、燃烧一般的日落，瞬间显现。这些好奇者之中，有伟大的作家，也有像我一样微不足道的业余爱好者：邓萨尼、坡、亚瑟·梅琴、蒙塔古·罗德斯·詹姆士、阿尔杰农·布莱克伍德和沃尔特·德拉马尔等，都是这一领域具有代表性的大师。

　　我写故事没有固定模板。我的每个故事都有不同历史。有一两次，我记下了一个梦境，更多时候，它始于我想要表达的某种情绪、想法或者影像。我在脑海中反复思索，直到想出一种好的方式，使它在戏剧性事件的某些链条当中得以体现，从而能够被具体记录。我常常会通过一个列表，列出最适合这种情绪、想法或影像的基本条件或情境，然后根据基本的条件或情境选择，对给定的情绪、想法或影像进行合乎逻辑和自然动机的解释。写作的实际过程，与主题选择以及最初构思有所不同，如果对我的写作史进行分析，可以从一般流程中推断出以下规则：

（1）按照事件发生的实际顺序而非叙述顺序准备梗概或场景。以足够的篇幅描述所有要点并且引发所有计划事件。在这个临时的框架当中，有时需要包含细节、解释，以及对结果的评判。

（2）准备第二套事件梗概或场景，这一次按照叙述顺序而非实际发生的顺序，并且具有丰富的内容和细节，以及变化的视角、压力和高潮。如果这样的变化会增强故事的戏剧性力量和效果，那么改变原有的大纲。即便最终得出与最初计划迥然不同的故事，也不要被原始构思所束缚。在构思过程中，只要有新想法，就可以进行补充和修改。

（3）迅速并且流畅地将故事写出来，不要过于严格地遵循叙事性梗概。当发展过程中出现潜在变化，那么，不要被从前的设计所束缚，修改事件或情节。如果发展突然揭示出戏剧化效果或者生动性叙述的新机会，增加所有有益的东西，并回过头去，协调从前的设计内容和新计划。

（4）修改全文，注意词汇、语法、文章节奏、各部分的比例、语气、优美、说服力或者过渡（从场景到场景过渡、从缓慢详尽的动作到快速粗略的时间—动作过渡，反之亦然，等等），开始、结束、高潮的效果，戏剧性悬念和趣味性，合理性和气氛，以及其他各种元素。

（5）准备一个整洁的副本，毫不犹豫地做出最终修订，并使它们看上去井然有序。

这些阶段最初往往是纯脑力工作——我在脑海中想出一系列的条件和事件，并按照叙述顺序将详细概要准备就绪，由此确定条件和事件。有时候，在确定如何拓展想法之前，我已经开始了写作，这个问题可能将激发我的积极性，并被充分利用起来。

我认为有四种不同类型的怪奇故事：第一种表现情绪或感受；第二种表现画面感；第三种表现一种整体的情境、状态、传说，或者是知识概念；第四种是对一个明确的场景、特定的戏剧场面或高潮进行解释。从另一个角度来说，怪奇故事可以被粗略地分为两类：涉及某些条件或现象的奇迹与恐怖，以及与离奇状况或现象相关的某些人类行为。

每一个怪奇故事，尤其是恐怖类型的怪奇故事，似乎都涵括五种元素：①基本、潜在的恐怖或异常状况和存在；②恐怖的效果或举止；③表现形式——体现出被观测到的恐怖及现象；④和恐怖相关的恐惧反应类型；⑤与既定条件相关的特定恐怖效果。

书写怪奇故事时，我总是非常仔细地营造应有的情绪和氛围，并适时地强调重点。除了幼稚的低俗小说，很少有人会将令人难以置信的不可思议现象，呈现为关于客观行为和传统情感的平庸叙事。写作不可思议现象和情况有一个特殊障碍需要克服：故事的每一个阶段需保持严谨的现实主义，除非触及既定的奇迹。这一奇迹必须伴随着细致的情感集结，以令人印象深刻和从容不迫的方式体现，否则将显得平淡无奇。作为故事的主角，奇迹的存在会遮蔽人物和事件。但人物和事件应当具有一致性、合理性，除非触及奇迹。人物在核心奇迹面前所表现出的压倒性的情绪，应当与同类人物在现实生活面对奇迹所表现出的情绪相似。永远不要将奇迹视为理所当然。即便角色们习惯于奇迹，但我仍然试图营造一种令人敬畏和难忘的氛围，使读者得以感知。过于随意的风格会毁掉所有严肃幻想。

氛围而非行为，是怪奇小说最大的渴求。事实上，一个怪奇故事所能做到的就是生动描绘人类情绪。当它试图成为其他任何东西，都会变得廉价、幼稚、令人难以信服。最重要的是微妙的暗示——几乎察觉不到的征兆、选择性关联细节的触碰，这些细节表现了情绪阴影，并对不真实的奇异现实建立起模糊幻觉，避免对不可思议事件进行枯燥记录。它们只是风格和象征的一团含混，并不具备实质和内涵。

从第一次开始尝试关于幻想的严肃写作，我有意或无意地遵循了这些规则或标准。我的结果是否成功存在争议，但我至少可以肯定，如果我忽略了最后几段当中提到的规则，那么结果可能会比现在更加糟糕。

The Unnamable

不可名状

一个秋日的傍晚，在阿卡姆的老墓园里，我们坐在一座废弃的 17 世纪墓碑上，揣度着那不可名状之物的事。墓地正中有一棵柳树，它巨大的树干几乎将一块年代久远到字迹几乎无法辨认的墓碑完全遮住。望着柳树，我灵机一动，说道，它硕大的树根一定从年代久远的停尸地里吸取了某种可怖且无法言说的养料。我的朋友驳斥了我的无稽之谈，告诉我这里已经一百多年没有葬过人了，因此能滋养柳树的只可能是普通的物质。另外，他还说道，我总是谈论那些"不可名状"和"无法言说"的事情太幼稚，正好与我这种不入流的作家身份匹配。我太喜欢在故事结尾处用一些场景或者话吓呆故事的主角，最终他们要么失去勇气，要么失去记忆，要么无法讲述他们所经历的事情。他还说，为了感知事物，我们要么依赖于五感，要么归咎于宗教信仰，因此对于任何我们无法准确定义或者找不到合适教义解释的事物或场景，适当调整传统观念或者使用阿瑟·柯南·道尔爵士的那一套。

我总是懒怠和我这位朋友——乔尔·曼顿——争辩。他是东部高中的校长，在波士顿出生长大。和所有新英格兰人一样，他有种盲目的自我满足，对生活细节上的弦外之音从来都是充耳不闻。他认为，只有我们日常真实客观的经历才有美学价值，艺术家们不该通过行为、狂喜或者震惊的事件来唤起强烈的感情，而应通过详尽细致地描摹日常琐事维持人们对艺术平和但持久的兴趣与鉴赏力。他尤其反对我对神秘和无法解释事件的痴迷。因此，尽管他比我还相信超自然事物，却不愿接受在文学作品中对其进行阐释，也不愿相信人们可以通过逃离日常琐事获得巨大的满足。对于清晰、务实和逻辑缜密的他而言，将生活中习以为常的陈腐样式进行创造性和艺术性的加工也是完全不可能的。于他，所有的物品和感情都有固定的尺寸、性质和前后的因果关系。尽管有时会恍惚察觉到大脑里的一些想法和直觉根本没有任何形状，也没法分类，更无法捉摸出前因后果，他仍然相信自己粗暴地画一条线，将普通人无法经历和理解的一切排除在外的做法十分明智。此外，他几乎可以肯定没有"不可名状"之事。"不可名状"听起来就缺乏常识。

尽管深知用充满想象的形而上学的理论与一个自鸣

得意的正统实用论者争辩肯定是徒劳无功的，但这个傍晚对话的某个场景却打破了我一直以来在争论中的缄默。坍塌的墓碑、经年的树木以及绵延四周闹鬼小镇复斜的屋顶，都让我鼓起精神捍卫自己的工作。我很快就攻陷了敌方的阵地。事实上，发动反击一点儿也不困难，因为我知道乔尔·曼顿对很多老妇人的迷信说法半信半疑，尽管成熟世故的人早已不相信这些。他相信在远方的垂死之人会突然出现，相信先人会在他们望了一生的窗户边留下印记。为了证实这些乡间老妇人的说法，我宣称在物质实体之外，还有着与之相对应的幽灵存在。这个观点使我们有理由相信所有超乎常理的现象。因为，如果一个死人可以将他可见的、可触摸的一半传送到半个地球之外，或者将其延续数个世纪，那么认为荒废的房子里充满奇怪且有感知能力的事物，古老墓园里有着数代遗留下来的可怖无形体的智能生物也并不荒诞离奇了。此外，由于灵魂显现时有各种形态，不受自然法则的限制，那么去想象那些死物的各种形态甚至是没有任何形态又怎么算夸张呢？如果没有形态，对于人类的观察者来说，难道不是彻头彻尾且骇人的"不可名状"吗？我带着些许热情跟我的朋友强调说，此时用"常识"来思考这些话题，只能是愚蠢的、缺乏想象力和灵活度的行为。

暮色渐深，但是我们两人都没有停止探讨的意思。曼顿似乎对我的观点很不以为然，并且急于反驳。对自己的观点极为自信，让他成为一名优秀老师。而我也对自己的观点有信心，根本不怕辩论失败。天完全黑下来了，远处人家的窗户里有点点灯光闪烁，但我们却没动，继续辩论。我们坐在墓碑上面很舒服，而且我知道我无趣的朋友肯定不会在意身后不远处摇摇欲坠的古老建筑物的裂缝大如洞穴，以及我俩和最近的光亮道路之间那座17世纪的建筑物投射下来的噬人的黑暗。在黑暗里，在那座被荒废房屋撕裂的坟墓上面，我们谈论"不可名状"之事。在听完我朋友对我的嘲讽之后，我告诉了他最为不屑的故事背后的骇人证据。

我的故事之前叫作《阁楼上的窗户》，1922年1月刊登于《呓语》之上。在很多地方，尤其是在美国南部和太平洋沿岸，由于蠢人的抱怨，杂志被撤架了。他们并不觉得我的故事刺激，反而觉得我的描述过于夸张，并对它嗤之以鼻。他们确信，从生物学上讲，根本不可能，它只是又一个民间的疯狂传说而已。易偏信一切的康顿·马瑟曾经将很多这样的传说收录进了他那本胡言乱语的《新英格兰基督教会史》。由于故事实在过于荒诞，他没敢将恐怖事件发生的具体位置写在书中。阅读一个文笔颠三倒四的作家的胡言乱语，想知道故事的联系几乎是不可能的。马瑟确实提到了那个东西的出生，但是除了那些哗众取宠的人，没人会想到它会长大，会在夜晚从窗户外窥视人们，会隐匿在阁楼里，有神有体，直到数个世纪后，有人在窗边看到它，却无法描述，而被吓到须发花白。所有这些都是无稽之谈，我的朋友曼顿也如此认为。然后我告诉了他我在一本1706到1723年的日记中读到的东西。这本日记是在距离我们不到一英里的地方，在一堆家庭文件之中发现的。我告诉他日记中描绘的我祖先的后背和胸口的伤口情况属实。我还告诉他那一区域其他人的恐惧，以及这种恐惧怎样代代口口相传，以及1793年，一个之前一切正常的男孩，进到一座废弃的房屋，却在检查那里的可疑的线索后发了疯。

这是一件很恐怖的事情，难怪敏感的学生对清教徒时期的马萨诸塞州不寒而栗。所以很少有人知道表象之下究竟发生了什么，可像这样恐怖的暗涌却总会翻滚出来。巫术的恐惧影射了人们头脑中酝酿的思绪，可这却不足为道。那时没有美，没有自由，我们从建筑残骸、家族遗迹和狭隘恶毒的布道中就可窥得一二。在那件生锈的铁束衣（宗教束缚）中藏匿着胡言乱语的丑陋、扭曲以及恶魔崇拜。这就是对"不可名状"的最佳阐释。

在康顿·马瑟邪恶的第六本书里——这本书千万不要在天黑后阅读——他没有丝毫忌讳，直接开骂，语气严肃如犹太先知，又镇定得后无来者。他讲到野兽生出来的东西——更像野兽而不是人——它只有一只浑浊的眼睛。他还讲到，有个醉酒的可怜虫因为有这样一只眼睛而被绞死。他大胆写下这些，却一点儿也没有透露后续发生了什么。或者，他根本不知道发生了什么，又或者，他知道却不敢说。有人知道后续，却不敢说——有些人知道发生了什么，但没有人敢说出来——没有人知道他们为什么会低声讨论某间房子，其通往阁楼的门被锁了起来。这个房子的主人没有孩子、生意破产且深陷痛苦。他曾经在一处大家避之不及的坟墓边竖了一块空白的墓碑。然后，也许有人能追本溯源所有的传说，最终发现让人血脉偾张的恐怖真相。

这些都记录在我发现的那本先祖的日记里。人们低语的影射；模糊的传说——窗边只有一只浑浊眼睛的东西在夜色里，在树林旁废弃的草地上。在一条阴暗的山间小道上，有东西抓住了我的祖先，并在他胸口留下了犄角抵撞的伤口，后背则留下了类似猿猴爪子导致的抓伤；当大家想要寻找伤人东西的足迹时，他们既找到了蹄子的破碎足迹，也找到了类似人猿掌的模糊足迹。曾经有邮递员说在月光不明的黎明前，看见有老人在草地上边追边喊一个正在大步前进的、无法描述的恐怖东西。很多人相信邮递员说的话。1710 年，一些传说开始流传起来。那年的一个夜晚，那个没有孩子的破产老头被葬在了自己房子后面的墓地里，离他自己竖立的墓碑不远。人们没有打开通向阁楼的大门，而是让房子保持原封不动——恐怖且荒凉。有时房子里会传出声响，人们一边议论一边胆战心惊，只希望阁楼的锁足够结实。然而，在牧师家里发生了一起无人生还甚至没有留下一具全尸的恐怖事件后，他们不再抱有希望。随着时间的推移，传说变得越来越离奇，我觉得那东西，如果它是个活物的话，肯定已经死了。但是关于它的传说却变得越来越恐怖，因为一切都不为人所知，因而更加恐怖。

在我讲述的时候，我的朋友变得异常沉默，我知道我的话对他有触动。我停下来的时候，他没有大笑，反而很严肃地问那个在 1793 年疯了的男孩的情况，这个小男孩一开始是我小说的主角。我告诉他，男孩之所以会去那个荒芜偏僻的房子，是因为他觉得这些窗户上会影射出那些曾经坐在玻璃前的人的影像。于是他就爬上了阁楼，去检查里面的窗户，因为传说人们可以看见那后面有东西，但他最后却发狂一般尖叫着从里面跑了出来。

在我讲这些时，曼顿一直保持沉默，但逐渐开始恢复了思考的能力。为了能使辩论继续，他承认，以前确实有些超自然的怪物出现，但也同时提醒我道，即便是自然界中最为病态的变异也不可能是"不可名状"或者是通过科学无法描述的。我很佩服他能保持头脑清醒且坚持自己的想法。我又补充了一些从长者那里得到的更进一步的发现。我直白地说，这些流传下来的与鬼怪幽灵相关的传说比任何生物都可怕。这些幽灵通常都有着巨大的野兽形体，偶尔可视，偶尔可感。在没有月亮的晚上，它们四处游荡，在旧房子中出没，在房子后的坟墓、附近的墓园飘荡。墓园里，碑文已然模糊的墓碑边，有树苗抽了新芽。不论幽灵是否如民间传说所言撞死、戳刺或者扼死过人，它们都给人们留下了深刻长远的印象，即使现在，年迈的当地人仍然对它们十分惧怕。近两代人已经忘记了它们的大部分故事，也许这些故事会就此消失。此外，从美学上考虑，如果人类心灵的幻象可以如此怪诞，要用怎样条理清晰的叙述才能描述清楚一团膨胀的星云？它像是恶毒、混乱和扭曲所共同造就的幽灵，对自然是一种亵渎。一个怪物死去的大脑创造了一切，而这团星云不正是所有那些令人作呕的真相？正是那些极端的、可怖的、不可名状的真相？

时间一定很晚了。一只蝙蝠悄无声息地从我身边掠过，我觉得蝙蝠也碰到了曼顿，尽管黑夜里我看不清他，我还是可以感觉到他举起了手臂。过了一会儿，他出声了。

"那间有阁楼窗户的房子是不是现在还在，仍被废弃？"

"是的，"我回答道，"我见过它。"

"那你有没有在那里有所发现，在阁楼里，或者在其他任何地方？"

"屋檐底下有些骨头。那个男孩可能就是看到了这些，如果那个男孩容易受刺激的话，那么他根本不需要看到窗户上残留的影像，那些骨头就能把他吓疯。如果骨头都来自同一个物体，那么这个物体一定是一个歇斯底里、疯狂错乱的畸形怪物。如果将骨头留在世间，会亵渎神明。所以，我回去拿了个麻袋，把骨头送到房子后的坟墓。坟墓有个开口，我可以把骨头倒进里面。不要觉得我傻，你看看头颅就知道了，它有四英寸的角，脸却和你我差不多。"

终于，我感到曼顿有一阵颤抖，向我靠近。但却没有妨碍他的好奇心。

"那窗户玻璃呢？"

"都不见了。有一扇窗户甚至整个窗框都没有了，其他窗户上也没有留下一点儿玻璃。窗户的样子是18世纪前的样式。我觉得窗户上至少上百年都没有玻璃了——也许是男孩把玻璃打碎了，如果他能走到这么远的话。传说没有提到。"

曼顿再次陷入了沉思。

"我想看看那座房子，卡特。房子在哪里？不管有没有玻璃，我都想去探索一番。也想看看你放骨头的坟墓，还有那个没有碑文的坟墓，整件事有点儿恐怖。"

"你的确见过它——就在天黑前。"

我的朋友比我想象中还要害怕，因为我说完后，他突然神经质地躲开了我。我听到了大口吞咽的声音。这种吞咽似乎缓解了一点儿压抑。他的声音很古怪，更恐怖的是他的声音似乎得到了回应。当他的声音仍在回荡时，我听到漆黑的夜里传来嘎吱的声音。我知道，我们旁边那座被诅咒的老房子的一扇窗户打开了。由于其他窗户早已掉落，我知道这打开的窗户一定是恐怖阁楼上那扇已经没有玻璃的窗框。

接着，阴冷、恶心的空气形成一股气流，从阁楼的方向吹了过来，还伴随着刺耳的尖叫声。声音就从我身边不远处，那座埋着人和兽的裂开的坟墓里传来。紧接着，我就被某种体型巨大的东西从坟墓上撞了下来，倒在了墓园里满是霉菌的地上。与此同时，从坟墓里传来了闷声的喧闹，有沉闷的喘息、飕飕的风声，让我觉得这就是弥尔顿笔下地狱里恶魔居住的地方。有枯竭万物的旋风、冰冷刺骨的寒风，然后有砖块和石灰松动的声音，但是在我了解到底发生了什么之前，万幸我已经晕过去了。

尽管曼顿比我矮，他的复原能力却比我强，虽然他受伤更严重，我们却几乎同时睁开了眼。我们的病床相邻，几秒钟后我就知道我们在圣玛丽医院，看护人员围了上来，急于告诉我们是如何来到医院的，以便我们恢复记忆。从他们的叙述中我知道，一个农夫在中午时分，在草甸山附近发现了我们，那里据说曾经是屠宰场，离那个古老的埋葬场一英里远。曼顿胸口有两处严重的伤口，后背有一些不那么严重的割伤和抓伤。我没有曼顿受伤严重，但我全身都是奇怪的伤，还有一处分蹄动物的蹄印。很明显曼顿知道得比我多，但是在他清楚了解我们受伤情况之前，他没有向疑惑不解、极为好奇的医师透漏半句。然后，他说我们被一头凶猛的公牛袭击了，尽管他很难描绘出公牛的位置和样子。

在医生和护士离开后，我满是恐惧地悄声问了一个问题：

"上帝啊，曼顿，到底是什么？那些伤口——它是那样的吗？"

当他低声回答出我几乎猜想出的答案时，我几乎要晕过去，根本无法欢呼。

"不，一点儿也不是。它到处都是，是一种凝胶，一种黏液，却有形状，有成千上万个恐怖的形状，根本记不住。有眼睛，有污渍，是地狱，是旋涡，是终极的亵渎。卡特，它是不可名状的。"

The Descendant

后裔

在伦敦，有一个听到教堂敲钟就会发疯的人。他和他的斑纹猫住在格雷旅店，人们都称他无害的疯子。他的房间里堆着世间顶无趣、顶幼稚的书籍，他每时每刻都努力让自己迷失于这沉闷乏味的字里行间。他人生的目标压根就不是思考；出于某些原因，思考让他感到可怕，任何能搅动脑浆、激发想象的事物，他都视如瘟疫。他身材消瘦、头发花白、满脸皱纹，但知情人士都说，他其实并没有看上去那么老。恐惧在他的身上留下了可怕的爪痕，只要听到什么响动，他准会双目圆睁，汗雨如下。他疏远自己的朋友和伙伴，只因不想回答任何问题。以前认识他的人说他曾是个学者和唯美主义者，并为他现在沦落到如此境地表示遗憾。他在多年前就抛弃了所有的朋友，没人清楚他究竟是离开了这个国家，还是埋头于某个冷僻的领域，避人眼目。他住进格雷旅店已经十年，对自己曾经去过哪里只字不提，直到那夜，年轻的威廉带来了《死灵之书》。

威廉是个幻想家，只有二十三岁。自从他搬进这家古老的旅店，就感觉到住在隔壁的干瘦的灰发男人身上有一种古怪、疏离的气息。他强迫自己和这个被老友嫌恶的男人交朋友，并为困扰这个骨瘦如柴、面容枯槁的观察者和倾听者的事物感到震惊。男人总是在观察、在倾听，这一点没人否认。但他的观察和倾听并非基于目见耳闻，而是借助思维。他争分夺秒地将所有的时间无止境地倾注于轻率而乏味的劣质小说上。每逢教堂钟声响起，他便会捂住双耳，发出凄厉的尖叫。跟他住在一起的灰猫也会跟着叫起来，直到钟声最后的回音渐渐消散。

　　但即便威廉使出浑身解数，也没能让他神秘的邻居吐露任何有意义的词句或隐藏的秘密。老人对他的表情或举止司空见惯，根本不为所动，但会佯装出一脸微笑，用轻松愉悦的口吻兴奋地闲扯一些琐事。在聊天过程中，老人的声音每时每刻都在抬高加粗，最后总会变成尖利、断断续续的假声。不过他对世事最为平凡琐碎的评论都有一种微言大义之感，显示了他深邃、细腻的思想。当威廉听说他曾在哈罗和牛津求学的时候，丝毫没有感到诧异。后来威廉发现，这老人竟是诺瑟姆勋爵，他继承了约克郡海边的一座古堡，这古堡正是当地众多怪诞故事的发祥地。当威廉试图谈起这座据说起源于罗马时代的城堡时，老人却矢口否认了这座城堡的异常之处。当他提及据说那里有在北海边的悬崖里开凿出的地窖时，老人甚至尖声嗤笑起来。

此后，两人便相安无事。直到那一夜，威廉带来了阿拉伯狂人阿卜杜拉·阿尔哈萨德的作品——臭名昭著的《死灵之书》。他在十六岁的时候就听说了这可怕的著作。那时的他对怪力乱神之事的偏爱才刚露端倪，经常向钱多斯街那位驼背老书商追问古怪诡奇的问题，还一直好奇，为什么人们在谈论这本书的时候，都会一脸苍白。老书商告诉他，在牧师和立法者们颁布敕令、联合抵制这本书后，仅有五份书稿现存于世。除了书稿的看守人之外，没有人敢阅读这书上那浸满愤恨的黑色字母。不过现在，威廉不但找到了其中的一本，还以极低的价格买了下来。作为店里淘换古怪器物的常客，他在克莱尔市场肮脏区域的一家犹太人商店中找到了它。他几乎想象得出在自己展示这一重大发现时，饱经风霜的老利未人乱糟糟的胡子下微笑的情形。这书上笨重的皮革封面和黄铜扣环非常惹眼，但价格却低得离谱。他只向书名瞥了一眼，仅凭这一眼，就足以让他万分激动。而穿插在晦涩的拉丁语句段中的图表也让他脑海中最紧张、最不安的记忆活了过来。他感觉，自己很有必要将这本蠢笨的厚书买回家细细研究、逐字破译。他怀揣着这本书急匆匆地跑出店门的时候，听到那老犹太人在背后发出一阵令人不安的嗤笑。

最后，当他安全返回房间的时候才发现，想要解读这些由黑体字拼凑成的古怪组合、品质低劣的语言用法，凭借自己目前在语言学上的造诣还远远不够，因此，他不得不向自己易受惊吓的奇怪朋友求助，来破解这中古风格的拗口拉丁文。威廉闯进房间的时候，诺瑟姆勋爵正在对着他的斑纹猫傻笑，在受惊之下蓦然起身。然后，他看到威廉手中的书卷，开始疯狂地发起抖来，并在威廉读出书名的时候昏了过去。清醒之后，他开始讲述自己的故事，用狂乱的低语道出了奇异、疯狂的臆想，生怕他的朋友不尽快烧掉这本造瘟的书，并散尽它的灰烬。

诺瑟姆勋爵沉沉低语道，一开始，就有什么东西不对劲；但若非他决意向深渊之中探索，也不会落得如此地步。他本是某个显赫家族的第十九代男爵，他的家族史可以追溯到难以置信的久远时代。因为关于这个家族的传说在前撒克逊时代就开始流传，罗马时代奥古斯都第三军团驻扎在不列颠的林敦姆，其中某个名叫格涅乌斯·加比尼乌斯·卡庇托的军事保民官，因参与了一场与任何已知宗教都无关的宗教仪式而被军团驱逐。传说加比尼乌斯在悬崖边发现了一个山洞，异族们在此洞中集会，暗中制作旧神之印；不列颠人对这些异族人避之不及，因为他们是西方那块沉没大陆的孑遗；大陆消弭之后，只遗留下筑有环形工事和圣坛的岛屿，巨石阵就是其中最宏伟的建筑。虽然尚无定论，但在传说中，加比尼乌斯在这禁忌的洞穴内铸建了一座坚不可摧的堡垒，并建立了一个皮克特人和撒克逊人、丹麦人和诺曼人都无法屠灭的家族。也有人猜想说，在这条血脉中，诞生了一位勇敢的爵士和尉官，即被爱德华三世封为诺瑟姆男爵的"黑王子"。这些事情已经无法考证了，但并不妨碍它被世代传说。事实上，诺瑟姆的石筑城堡的工艺确实和哈德良长城相去甚远。从孩提时代起，诺瑟姆勋爵在那城堡的古老房间中就寝之时，总会做些奇怪的梦，习惯于在记忆中回溯那些在清醒时分从未遭遇过的，无规则的场景、意象和印象。他逐渐成长为一个对生活感到乏味和不满的梦想家，一个探寻者：他寻找的国度，是一个自己非常熟稔，却无法在这个可见的世界上遍寻得到的神奇的疆域。

青少年时代的诺瑟姆脑中充斥着这样的想法：我们的世界不过是一块巨大但满怀恶意的织物上的一颗原子罢了，未知的维度无时无刻不在接触并渗入已知的领域。

那时的他疯狂地汲取正规宗教和隐秘的神秘学知识，但是并不能从中获取放松感和满足感。随着年岁的增长，生活的陈腐和局限日益撩拨着他的怒火。90年代起，他开始涉足撒旦主义，并如饥似渴地学习任何看似能使他摆脱狭隘的科学和死板乏味的自然法则的教义和理论。他带着极大的狂热阅读伊格内修斯·唐纳利关于亚特兰蒂斯的空想记述，并着迷于查尔斯·福特一些晦涩的早期作品中的奇想。他会走上好几里格的路，去追寻关于反常现象的乡间怪谈，也曾挺进阿拉伯半岛的沙漠，寻找传闻中无人得见的无名城市。他的心中升起一种急切的信念：在某个地方存在着一扇方便之门，一旦发掘到它，就可以自由接触到在他的记忆中嗡鸣作响的外部深层空间。那扇门可能存在于视觉世界中，也可能只存在于他的思想和灵魂中。或许在他未完全探索的脑海中存在着隐秘的联系，能使他察觉到自己在被遗忘维度中的未来岁月，并将他束缚于群星之间及群星之外的无尽与永恒之中。

Under the Pyramids

金字塔底

和哈里·胡迪尼（Harry Houdini）合著

神秘事物总是相互吸引。自从我作为非凡壮举的表演者闻名于世，就不断听说和遇到许多稀奇古怪的事件。因为职业的缘故，人们总是习惯于将它们和我的兴趣以及行为联系在一起。这些古怪的事件当中，有一些微不足道、无关紧要；有一些引人入胜、极具戏剧性；有一些带来了超自然的冒险；还有一些将我卷进大规模的科学和历史研究当中。大部分事件我都和别人聊过，以后也会继续直言无隐，但是有一件事我却始终不愿意提起。我之所以写下这个故事，是因为这家杂志的出版商从我的家人那里听到了一些模糊的传言，于是对我进行了一番盘问和劝说。

那段我至今讳莫如深的经历，发生在我14年前对埃及非正式访问的时候。出于某些原因，我一直避免谈及此事。一方面，我不愿意利用一些确定无疑的事实为自己谋利——涌向金字塔的无数游客对此一无所知，而明显知情的开罗当局却对此极力隐瞒。另一方面，我不喜欢讲一个充满自己主观想象的故事。我所见到的——或者我认为自己看见了——事实上可能并未发生，更像是我看了太多埃及古物学书籍，并且受到周围环境诱导而产生的无端揣测。然而，那段恐怖事件真实发生所带来的惊骇，进一步增强了这种想象的刺激性，使得许久之前的那个怪诞夜晚显得极度恐怖。

1910年1月，我完成了在英国的一场演出，并与澳大利亚的剧院签订了巡回演出的合约。这趟旅行的时间非常充裕，我决定好好利用它，将大部分时间花在我特别感兴趣的地方。我和我的妻子一起愉快地渡海登岸，在马赛搭乘前往塞得港的 P.& O. 马尔瓦号客轮。我打算在去往澳大利亚之前，先拜访下埃及的几个重要历史遗迹。

这是一次愉快的旅行，作为一个魔术师，我遇到了许多有趣的事情，它们毫不逊色于我的工作。为了享受宁静的旅途，我本打算隐瞒自己的姓名。但是一个魔术师同行却让我背弃了之前的计划——他急于以一些雕虫小技来取悦乘客，于是我忍不住重复了他的技艺，并做出了些许超越——这完全破坏了我的化名生活。我之所以提到这一点，是因为它导致了一连串的后果——当我在即将前往尼罗河河谷的满船游客面前揭开身份之时，我本该预见到这些后果。此后，无论我走到哪里都会被认出来，我和妻子所追求的平静旅途成为泡影。我原本是为满足自己的好奇心而踏上旅途，结果却为了满足他人的好奇心而成为被围观的焦点。

我们原本计划在埃及寻访奇特、神秘、令人印象深刻的景象，然而，当客轮抵达塞得港，游客们纷纷乘着小船上岸后，我们期待的景色却令人失望。眼前所见，只有一片低矮沙丘，漂荡在浅水洼中的浮标，一座无趣的欧式小镇。除了巨大的德·雷塞普斯①雕像之外，几乎没什么有意思的东西。这让我们迫切地想要前往更值得度假的地方。经过一番讨论，我们决定立即前往开罗和金字塔，之后再到亚历山大，游览这座城市的古希腊－罗马风貌，并在那里乘船去澳大利亚。

这趟列车旅行还算说得过去，只花费了四个半小时。我们沿着苏伊士运河一直走到伊斯梅利亚，领略了该流域的大部分风光。之后还瞥见了修复后的中王国时代的水渠，感受到古埃及的余韵。在旅途的终点，我们看到开罗城在暮色之中熠熠发光，仿佛星辰闪烁；当我们抵达巨大的中央车站时，那些星辰绽放为一片瑰丽的光芒。

---

①法国外交家，苏伊士运河的缔造者。

然而之后迎接我们的仍是失望。除了拥挤的人群和他们的服饰，我们见到的一切与欧洲无异。穿过一条平常无奇的隧道，我们来到挤满了四轮马车、出租车和有轨电车的广场。高层建筑物上的电灯闪烁着绚丽光彩，照耀着广场。还有那座近来更名为"美国环宇"的剧院，我曾渴望在那里登台表演，最后却只能以观众的身份出席。我们乘坐出租车，沿着规划合理的宽阔街道一路疾驰，最后抵达谢菲德酒店。身处酒店、电梯，以及随处可见的英美奢侈品中，神秘东方和古老过往距离我们太过遥远。

第二天，我们却愉快地沉浸在"天方夜谭"的气氛当中。开罗城中蜿蜒的道路，以及充满异国情调的天际线，令哈伦·拉希德①统治下的巴格达再度复活。在旅行指南的指示下，我们沿着穆思吉大道向东而行，经过伊兹别基耶花园，去寻找本地人居住的区域，然后很快地落入一个聒噪导游的手中，他声称自己是业内专家，但后续发展却证实并非如此。后来我才意识到应该在旅馆里找一个有执照的导游。这个男人修过脸、声音低沉、相对干净整洁，看上去像个法老。他自称"阿卜杜勒·里

①阿拉伯帝国著名统治者，在他的统治期间，帝国强盛繁华。他本人更因为《天方夜谭》中的传奇故事而广为人知。

斯·埃尔·德洛曼"，在他那一类人当中似乎很有影响力。但之后警方声称不知道这个人，并且说，凡是有些权力的人都可以使用"里斯"这个名字，而"德洛曼"则是对当地旅游团领队——"dragoman"这个词的拙劣变形。

阿卜杜勒带着我们参观了从前只能在书中或梦境中得见的奇景。古老的开罗，本身就是一本故事书，也是一场梦境。狭窄小路组成的迷宫充盈着芬芳的秘密；阿拉伯风情的阳台和外窗在鹅卵石铺就的街道上方相会；东方式的交通汇聚成旋涡，发出各种奇怪的声音——鞭子噼啪作响、马车咯吱前行、钱币叮当相碰、驴子高声嘶叫；长袍、面纱、头巾和塔布什小帽①色彩缤纷，如同万花筒；运水车和苦行僧，狗和猫，占卜者和理发师；盲眼的乞丐蜷缩在角落中哀号，蓝色的深邃天空亘古不变，精巧地勾勒出光塔②的轮廓，穆斯林宣礼官③在其间高声吟唱。

那些搭着屋顶的静谧集市同样迷人。调料、香水、熏香、珠子、地毯、丝绸，还有黄铜——老马哈茂德·苏莱曼盘膝而坐，被他的胶水瓶包围着，喋喋不休的年轻人在一根老旧古典柱子的凹陷顶部研磨芥子——那是一

①穆斯林男帽。
②清真寺的一部分，由报告祈祷时刻的人所使用，也称宣礼塔或者拜塔。
③呼唤人们前来做礼拜的人。

根古罗马的科林斯式柱子，也许来自附近的赫里奥波里斯①地区，奥古斯都②麾下的三大埃及军团，曾有一支在那里驻扎。古色古香与异国情调开始混杂。然后是清真寺与博物馆——我们参观了这些地方，并努力让我们对阿拉伯风情的沉醉，不屈从于埃及法老时代的黑暗魅力——博物馆的无价珍宝无一不散发出这种魅力。那本该是我们旅行的高潮，当时我们如此专注于中世纪的哈里发们所留下的阿拉伯荣光——他们所修建的宏伟陵墓与清真寺，在阿拉伯沙漠的边缘形成一处灿烂辉煌、仿佛幻境的墓地。

最终，阿卜杜勒领着我们，沿莫哈默德·阿里大街走向古老的苏丹·哈桑清真寺，来到有侧翼塔护卫的巴布·阿尔·阿扎布之门。穿过大门，陡峭城墙下的通道向上延伸至雄伟的堡垒——萨拉丁③用开采自被遗忘的金字塔的石块建造了它。日暮时分，我们登上悬崖，环绕着近代修建的穆罕默德·阿里清真寺，从令人目眩的护墙之上俯视着神秘的开罗——这座城池中雕刻精美的穹顶、空灵优雅的光塔、仿佛燃烧般的花园，都被镀上金

①"太阳之城"，古埃及的重要城市及宗教中心。
②盖乌斯·屋大维·奥古斯都，罗马帝国第一位元首，消灭了古埃及的托勒密王朝。"奥古斯都"一名由罗马元老院赐封，意为"神圣伟大"。
③埃及阿尤布王朝第一位苏丹，为抗击十字军而建造了萨拉丁城堡。

色。城池的远处耸立着新博物馆的罗马式穹顶，更远处，越过黄色尼罗河——孕育了亘古岁月和历代王朝的母亲河，掩藏着利比亚沙漠，危险的黄沙起伏不平、光彩变幻，因为古老的奥秘而显得邪恶无比。红色的太阳缓缓下坠，带来埃及黄昏时分无情的寒意。当它伫立于世界边缘时，仿佛是赫里奥波里斯城所供奉的古神——拉·哈拉赫特①。我们见到那地平线上的太阳，以一片朱红映衬出吉萨金字塔的黑色轮廓。当图坦卡蒙在遥远的底比斯登上他的黄金王座，这座金字塔已经有一千年的历史。接下来我们意识到，我们要和阿拉伯风情的埃及道别，开始探究古老埃及的深奥秘密了——那个处于黑暗时代，信奉拉与阿蒙②、伊西斯③与奥西里斯④的古老埃及。

第二天清早，我们前往金字塔参观。我们乘坐一辆维多利亚式马车穿过青铜狮子守护的尼罗河大桥，驶过种植着高大莱巴克树的杰济拉岛，经过英式小桥通向西岸。沿着河滨路前行，穿过成排的莱巴克树和占地广阔的动物园，便是吉萨郊区，那里又修建了一座通往开罗的新桥。之后，我们沿着谢赫·埃尔·哈拉姆路转向内陆，

_____

① "拉"，古埃及神话中的太阳神，正午的太阳。
② 古埃及的主神。
③ 古埃及女神，生命与生育之神。
④ 古希腊的冥界之王，负责审判死者是否可以得到永生。

经过一片平静清澈的水渠和破旧的土著村落，我们所寻找的目标在前面隐约可见，它劈开黎明的暮霭，在道路旁的水池中投下倒影。正如拿破仑对他麾下的士兵所言，四千年的岁月正俯瞰着我们。

道路开始陡然上升，我们最终抵达电车站和梅娜旅社之间的换乘点。阿卜杜勒熟练地为我们购买了金字塔的门票，他似乎对贝都因人极为熟悉——这些挤在一起大喊大叫、粗鲁无礼的人居住在稍远处的一个泥泞肮脏的村落里，仿佛瘟疫一般骚扰每一个旅行者。而阿卜杜勒却能体面地制止他们，并为我们找来一对极好的骆驼。他自己则骑了一头驴子，将我们的坐骑交给了一群酬劳昂贵但却没有太大用处的男人和男孩牵着。我们需要穿越的区域其实很小，几乎不需要骆驼，但是我们并不后悔体验一下这种麻烦的沙漠旅行方式。

金字塔群矗立于一块岩石高地上，南侧紧邻着众多帝王及贵族墓葬群。这些墓葬群坐落在早已被废弃的首府——孟菲斯的近郊，与金字塔一同位于尼罗河西岸，吉萨南侧，公元前3400年至公元前2000年，那里曾极为繁华。大金字塔邻近现代公路，是在公元前2800年的时候，由齐奥普斯或者说胡夫法老修建，其垂直高度超过450英尺。在它的西南方，第二金字塔紧随其后，由齐奥普斯的后人——齐弗林法老建造，它比大金字塔略小一些，但却因为地势更高，看起来显得更加雄伟。由美塞里努斯在公元前2700年修建的第三金字塔则比前两座金字塔要小很多。高地的边缘，第二座金字塔的正东方，盘踞着可怕的斯芬克斯，它的脸可能被替换成了修建者——齐弗林法老的巨型肖像。这尊巨大的雕像缄默不语，面露讥笑，拥有超越人类的智慧和记忆。

还有好几处地方都发现了小金字塔，以及小金字塔被损毁后的遗址，整个高地上布满了墓穴，它们属于王室以外的权贵们。这些墓穴最初建有石质坟墓，或者在幽深的墓井上搭建了石凳式样的建筑结构，就像是在孟菲斯地区的坟墓中所发现的那样——纽约大都会博物馆展示的帕内布①墓室是其典型。然而在吉萨，这些地面上可见的东西已被时光和劫掠者夺走，只有那些填满沙砾，或者是被考古学者清理出来的岩石墓道，才能证明它们曾经存在过。每个墓穴都与一个祈祷室相连，祭司和亲属会在祈祷室内向死者徘徊不去的"ka"，即死者的"生魂"②奉上食物，进行祈祷。小墓穴的祈祷室一般设在墓穴内的石质坑洞或者上层建筑当中，但是金字塔中用来

①古埃及第五王朝的一位宫廷官员。
②"ka"是古埃及人关于生命本质的概念，他们相信，人类死亡时，"ka"将离开肉体，并通过供奉来继续存活，维持不朽。

停放法老王尊贵遗体的祈祷室则是一座单独的神庙——位于相邻金字塔的东面，并设有一条堤道与宏伟的入口神庙①或者是岩石高地边缘的入口相通。

通往第二金字塔的入口神庙曾经被流沙掩埋，如今，它低陷于斯芬克斯的东南方，敞开了自己的入口。根据传统，它一直被称为"斯芬克斯神庙"。如果斯芬克斯确实代表着第二金字塔的建造者齐弗林法老，那么这个称谓倒是恰如其分。在齐弗林之前，曾经流传着一些关于斯芬克斯的传说，非常令人不快，但无论它从前是什么模样，法老王用自己的面容替代了它，于是人们看到这座巨像时，可以不再满怀恐惧。在入口神庙中还发现了以闪长岩雕刻的、真人大小的齐弗林法老像，如今它被收藏于开罗博物馆。当我见到它时，心中充满敬畏。我不太确定，是否整个神庙都已经被发掘出来。早在1910年，神庙绝大部分的建筑还陷于地底，夜里还会被严加封锁。神庙的挖掘工作由德国人负责，不过战争或者其他一些事情使他们未能彻底完成这个项目。鉴于我的个人经历，以及某些在贝都因人当中秘密流传、开罗民众却不愿相信或者不得而知的流言蜚语，我本该投入

①应当是指河岸神庙，紧邻河畔，以堤道连接停尸神庙，是古埃及祭司清洗法老尸体，制作木乃伊，为葬礼做准备的地方。

更多的时间和精力去打探发掘工作的进展——尤其是那条发现法老雕像的横向长廊，它连接着某个竖井，而法老的雕像曾在长廊中，被怪异地和狒狒雕像摆在一起。

那天清早，我们骑着骆驼经过道路左侧的木质警亭、邮局、药店以及商店，然后匆匆拐弯，径直去往东南，沿着一百八十度的弯道登上了岩石高地，然后在大金字塔荫蔽下再次见到了沙漠。我们骑着骆驼，沿着大金字塔绕到了东面，俯瞰小金字塔所在的河谷。河谷的东面，永恒流淌的尼罗河波光闪烁；河谷的西面，亘古不变的沙海熠熠生辉。三座主要的金字塔近在眼前，最大的那一座没有任何遮盖，裸露出由巨石构成的身躯，另外两座则或多或少地保留着一些巧妙又合体的覆盖物——在属于它们的时代，这些覆盖物曾令金字塔显得完整光滑。

稍作停留后，我们接着向斯芬克斯像进发。它不可视物却令人敬畏的眼睛充满魔力，我们安静地在那双眼的凝望中坐下来。在这个巨大石兽的前胸，隐约可以看到拉·哈拉科提①的符号，这个符号曾经使斯芬克斯被误判是某个较晚王朝的古物。沙砾盖住了斯芬克斯那大爪子中间的石碑，但我们仍记得图特摩西四世在上面铭刻

---

① 在埃及王朝后期，"拉"神与法老守护神荷鲁斯合并，成为拉·哈拉科提。

的文字，以及他还是一个王子时遇到的奇特梦境①。斯芬克斯的笑容隐隐令人感到不快，我们对于这尊怪兽身下藏有地底通道的传说十分好奇。传说那条通道一直向下延伸，通往无人敢提及的地底深渊。那深渊涉及比我们所发掘出的埃及王朝更为古老的秘密，而且与尼罗河众神之中那些怪异兽首神的反常存在有着不祥的关联。彼时，这只是我随口问自己的一个无聊问题，而它令人惊悚的深意并不曾立即显现。

其他游客逐渐追上我们，于是我们走向东南方向五十英尺外被砂砾淹没的斯芬克斯神庙。此前我提到过，它其实是一座大门，连接着堤道，通往高地上第二金字塔的停尸神庙②。神庙的绝大部分仍然陷在地底。我们爬下骆驼，通过一条现代修建的通道向下而行，抵达了神庙中由大理石搭建的走廊和有立柱支撑的大厅，但我觉得阿卜杜勒和当地的德国随从并没有向我们展现所有的一切。此后，我们完成了金字塔高地的常规游览路线，参观了第二金字塔，以及它东面停尸神庙的怪异遗址；

---

①传闻一次打猎活动中，年轻的图特摩西四世曾在斯芬克斯像下小憩。睡梦中，斯芬克斯对他说，如果他能清理掉斯芬克斯像身上的黄沙并且进行修复，就将成为下一任法老。后来图特摩西四世清理了覆盖斯芬克斯像的黄沙，并在它的爪子当中安置了一块石板来证明王位的合法性——这就是后世所称的"记梦碑"。
②即前文所说的供奉死者生魂的祈祷室。

接着是第三金字塔，以及它南面的小型附属建筑群和东面祈祷室的遗址；还有十四王朝和十五王朝时修建的岩石墓穴和蜂巢结构，以及赫赫有名的坎贝尔墓——这座坟墓阴暗的竖井陡然向下，通向53英尺深处的一具不祥石棺。我们通过绳索头晕目眩地降到地底，一个帮我们牵骆驼的人扫去了堵在路上的砂砾。

从大金字塔处传来喧闹声，贝都因人围住了一群游客，试图向对方推销登上金字塔顶端的引领服务，或是向他们表演在金字塔上下攀爬的壮举，并且炫耀自己的速度。据说，爬上金字塔再下来的最快速度记录是7分钟，但是许多健壮的酋长和酋长的儿子们却和人打包票，说他们可以把时间缩短到5分钟之内，如果能够得到慷慨的小费作为动力。这些人没能得到小费，我们倒是跟着阿卜杜勒爬上了金字塔，并且观赏到了前所未见的壮丽风景——在紫金色山峦的背景中，远处的开罗城熠熠生辉，城堡仿佛头顶冠冕，孟菲斯地区所有的金字塔尽收眼底——从北边的阿布·拉瓦什①金字塔到南面的达什尔②

---

①胡夫的儿子和继承者，他所修建的金字塔已是一片废墟，但据考古学者推测，金字塔原有建造规模与第三金字塔差不多，并且它还修建在山上。
②位于尼罗河西岸，开罗以南40公里处的皇家墓地，以埃及最古老的金字塔闻名于世。

金字塔群。萨卡拉①的阶梯形金字塔清晰又迷人地屹立在远处的沙漠之中，它标志着低矮的马斯塔巴②式陵墓演化为真正金字塔的历史过程。人们在这座"演化纪念碑"的附近，发现了著名的帕内布之墓，它距离底比斯岩石山谷以北 400 多英里——那个山谷正是图坦卡蒙长眠之处。我再次因为敬畏之情而陷入沉默中。这古老的景象，以及每一座古老纪念碑所蕴含的秘密，令我感到深深敬畏，以及其他任何事物都无法给予的浩瀚感。

攀登令人感到疲惫，而那些毫无品位、纠缠不休的贝都因人则令人厌恶。我们放弃了通过狭窄通道进入任何一座金字塔内部的打算，不过我们看到一些顽强的游客，正准备进入齐弗林最为雄伟的纪念碑中，开始一段令人窒息的爬行之旅。午后的阳光下，我们向当地保镖支付了较高的报酬，遣散了他们，并随着阿卜杜勒·里斯乘车返回开罗，我们有些后悔没能进入金字塔内部探险。令人着迷的、关于金字塔底部通道的秘密只在私下被口口相传，你不会在旅游指南里见到。那些入口曾被仓促地堵住，而发现它们并打算开展考察的沉默考古学

---

①位于古埃及首都孟斐斯的墓地，该地的金字塔呈阶梯状——在方形平台的石砌陵墓之上进行叠加，一层比一层更小。

②马斯塔巴一词源于阿拉伯文的"长凳"，古埃及原始住宅的外形很像长凳，而最早的法老陵墓，模仿了其生前居住的长凳式的住宅。

者们也试图隐瞒它们的存在。当然，从表面来看，这些传闻毫无根据。但是想来也很奇怪，为何一直以来，游客总是被禁止在夜间进入金字塔，大金字塔最底层的通道和地穴也被禁止参观。或许后者被禁止，是因它产生的心理影响着实令人恐惧——游客蜷缩着身体被压在一座庞然大物底下，他重返人间的唯一途径是通过一条窄小的隧道慢慢爬行，而任何意外事故或者险恶用心都有可能阻断他的逃生之路。这件事听起来如此怪诞又充满诱惑，我们下定决心要尽早把握机会再次拜访金字塔高地。可对我来说，这个机会的降临，比我预期的要早得多。

那天夜里，经过一整天的紧张日程安排，和我们一同旅行的其他成员都感到有些疲惫，于是我独自和阿卜杜勒·里斯外出，在风景如画的阿拉伯居民区散步。尽管白天已游览过这些地方，但我还想感受一下黄昏时分的小巷和集镇，浓稠的阴影和柔和的灯光，会为它们增添魅力，诱发奇妙幻觉。当地居民聚集的人群渐渐变少，但是当我们在苏肯·纳哈辛或者说是铜匠集市上遇到一群狂欢的贝都因人时，仍然觉得十分嘈杂和拥挤。一个五官粗大、傲慢无礼，戴着塔布什小帽的年轻人——看上去是这群人的首领——注意到我们，并且不友善地认出了我那位非常尽职，但却目空一切、习惯对人冷嘲热讽的导游。我想，他可能憎恨阿卜杜勒惟妙惟肖地再现了斯芬克斯的似笑非笑——我也经常既好笑又生气地注意到他的这个表情；也有可能，他不喜欢阿卜杜勒空洞又阴沉的声音。无论如何，他们开始激烈地相互侮辱对方的祖先。不久，阿里·齐兹——我听到陌生人在不骂人的时候这么喊他——开始粗暴地拉扯阿卜杜勒的长袍。这个举动迅速遭到反击，两个人扭打起来，参战双方失掉了他们视若珍宝的塔布什小帽，如果不是我介入其中，用力将他们分开，这场混战可能会变得更加糟糕。

起初，双方都不欢迎我的干涉，但最后终于达成了停战协议。两位交战者闷闷不乐地收起怒气，整理好自己的衣着，摆出一副庄严的姿态，缔结了一份奇特的荣誉契约——我后来了解到，这是开罗的一种古老习俗，他们将在最后一个夜间观光客离开后，登上大金字塔的顶端，通过一场午夜拳击比赛来解决彼此之间存在的争端。每位决斗者可以召集一帮助手，决斗将在午夜开始，采取尽可能文明的方式，逐轮进行。这些计划极大地引起了我的兴趣。这场决斗肯定既独特又壮观。只要一想到在深夜登上古老的金字塔，于苍白月光下俯瞰从远古时代留存至今的吉萨高地，我的想象力便开始不断发散。当我提出请求时，我发现阿卜杜勒非常乐意让我成为他的决斗助手，于是前半宿的所有时间，我陪着他逛遍了城里最无法无天的去处，各种各样的窝点——它们大多位于伊兹别基耶的东北部——他在那些地方精挑细选，找了一个又一个意气相投的歹徒为自己助拳。

九点以后，我们一行人骑上驴子出发了。这些驴子的名字来自法老王或者一些会被游客提起的名人，比如"拉美西斯""马克·吐温""J.P.摩根"，还有"明尼哈哈"。我们微醺地穿过混杂着东西方风格、迷宫般的街道，经由青铜狮子守护的大桥跨过泥泞的、挤满船只的尼罗河，然后冷静地驾着驴子在莱巴克树下的大道上，朝着吉萨慢跑。这段路程花费了大约两个小时，我们和最后一批返程游客擦肩而过，并向最后一辆返城电车致敬。现在，这里只剩下我们，还有夜晚、过往，以及幽灵般的月亮。

紧接着，我们看到了道路尽头的巨大金字塔群，它们散发出阴森可怕、仿佛食人鬼一般的威压，这是我在白天并没有意识到的。即便是其中最小的金字塔，也显出一丝令人不寒而栗的恐怖——因为第六王朝的尼托克丽丝女王①不正是埋葬在它之下？曾在地势低于尼罗河的

---

① 被认为是埃及第六王朝的最后一位法老，她的名字在希罗多德的历史著作中曾经出现过，但真实性存疑。

一处神庙当中宴请所有敌人，然后打开水闸将他们全部淹死的，不正是这位狡猾的女王吗？我记起阿拉伯人口中关于尼托克丽丝的传闻，也想起他们会在某个月相下有意地避开第三金字塔。当托马斯·穆尔[1]郁郁寡欢地写诗抱怨孟菲斯的船夫时，他一定想起了她。

地底的女神

栖身于暗淡珠宝之间，藏匿于荣光隐遁之处

那金字塔中的贵妇啊……

虽然我们到得挺早，但阿里·齐兹和他的助手们还是赶在了前头。我们看到卡非·阿尔·哈勒姆的荒漠高地上停着他们的驴子。我们转向斯芬克斯像附近的一处肮脏的阿拉伯人驻地，因为通向梅娜旅社的常规路线不能再走了——那里有一些昏昏欲睡、算不得称职的警察，可能会注意到我们并且进行阻拦。脏兮兮的贝都因人将骆驼与驴子拴在了齐弗林侍臣的石墓旁，我们被带着爬上了岩石，越过大金字塔前的沙地，爬上了金字塔古老陈旧的侧边——阿拉伯人早就聚在了此处。在这期间，阿卜杜勒·里斯向我提供了许多帮助，尽管我其实并不需要。

---

[1] 十八世纪爱尔兰诗人。

绝大多数游客都知道，这座建筑原本的顶端在很久以前已经被磨损掉，形成一个 12 英尺见方、极为平坦的平台。人们在这个怪异的台子上围成了一个方形的圈，半空中的沙漠之月冷笑着俯瞰这场战斗。要不是因为拳击场边的尖叫声有所不同，我还以为自己正身处美国的某些小型体育俱乐部里。当我认真观看这场拳击赛时，发现有些地方不尽如人意。作为一个略有阅历的人，我觉得这场比赛中的每一次出拳、每一次佯攻、每一次防御都只不过是在拖延时间。比赛很快结束了，尽管我对这种方式有所疑惑，但是当阿卜杜勒·里斯被宣布获得胜利，我仍然非常自豪。

和解来得极为迅速，随后的放声歌唱、称兄道弟和举杯畅饮，让置身其中的我很难想象他们在不久之前刚刚发生过争吵。说来也奇怪，我发现自己比对手更加引人注意。凭借我对阿拉伯语的一知半解，我认为他们正在讨论我的舞台表演，还有摆脱各种镣铐和监禁的技巧，他们不仅对我表现出令人惊讶的了解，而且对我的逃生壮举怀有明显的敌意和怀疑。我慢慢醒悟过来，埃及的古老魔法并不曾完全消逝、毫无遗痕。某种既古怪又隐秘的知识碎片，还有祭祀仪式在这些农夫当中偷偷幸存下来。以至于一个古怪的"hahwi"，或者说是魔术师，所展现出的高超技艺反而会招致愤恨和争议。我在想，我那位声音空洞的导游阿卜杜勒·里斯看起来真像是个古埃及祭司，或者法老，或者是微笑的斯芬克斯，心中不禁充满疑惑。

突然在顷刻间发生的一件事，证明我的想法是正确的。我忍不住诅咒自己今天为何如此轻易地参与到这些事件中，却没能识破他们逐步暴露出的、空洞又恶毒的诡计。虽然看似毫无预警，想必阿卜杜勒一定给出了某些不起眼的信号，所有的贝都因人突然扑向我，用结实的绳索将我捆了个严严实实。不论是在舞台上，抑或是在舞台下，我一生当中从未像这样被牢牢绑紧。我起初不停挣扎着，然后很快意识到，我一个人不可能和二十多个强壮的野蛮人相抗衡。我的双手被缚在身后，膝盖被弯曲至最大限度，手腕和脚踝被牢固的绳索紧紧捆绑在一起。他们塞了块儿令人窒息的破布堵住我的嘴，并且给我套上一个眼罩遮蔽我的视线。然后，这帮阿拉伯人把我扛上他们的肩膀，晃晃悠悠地从金字塔上退下去。我听到自己之前那位导游——阿卜杜勒发出的嘲讽，他用那空洞的声音愉快地嘲弄和讥讽着，向我保证说我的"魔法力量"即将遭遇一场最高级别的考验——我在美国和欧洲挑战中获胜而产生的狂妄自大，将彻底被即将到来的考验扼杀。他提醒我，埃及是一个古老的国度，充满神秘和古老力量，如今那些无法使用装置困住我的行家们，对此根本无法想象。

我不清楚自己被扛着走了多远，也不知道向着哪个方向，我当时的状况实在没法做出任何准确的判断。不过，我认为自己并没有被带到太远的地方，因为扛着我走的人好像散步一样走得并不快，而我被扛在肩膀上的时间也惊人的短暂。这段令人费解的短暂经历，使我每次想到吉萨，以及那块隶属于吉萨的岩石高地，都忍不住全身战栗——它暗示着游客们每天所经过的旅游路线，与当时存在、现在必然也仍然存在的"那些东西"近在咫尺，这让我每每想起都觉得烦恼压抑。

起初，我上述所提的邪恶异象并未立即显现。俘虏我的人将我扔在一块沙石而非岩石地面上，然后用一根绳子缠住我的胸口，将我拖到几英尺开外的一个边缘凹凸不平的开口旁边，以极为简单粗暴的方式将我吊了下去。显然，我被扔进了一口从岩石中开凿出的竖井里，我的身体反复地撞上这狭窄深井不规则的侧壁。我本以为这竖井是岩石高地上的众多墓道之一，直到我被降入令人震惊的、不可思议的深度，我才发觉它如此深不可测，让我无从想象、无法推断。

时间一秒一秒流逝，恐惧一点一点加剧——笔直向下，穿过实心岩层下降到如此深远的距离，不可能不触及地球的核心；而人类制作的任何绳索都不可能达到如此长度，将我坠入这邪恶的、深不可测的地底深渊。这些想法过于怪诞，以至于我难以接受，反倒是怀疑自己焦躁不安的感官出了问题要更容易些。即便是现在，我仍然无法确定当时的情境，我很清楚，当一种或者多种感官被剥夺，抑或生活环境被改变，我们对时间的感知会变得非常不可靠。但是我敢肯定，那时我还保留有一些逻辑思维；我脑海中那幅关于现实的图画令人毛骨悚然，但我至少没有产生任何由想象催生出的离奇幻影，它可能是我的大脑错觉，而并非现实臆想。

　　然而，并非这一切导致了我的晕眩。可怕的苦难折磨在不断累积，之后展现的惊恐开始于我迅速下降的速度——我下降的速度明显加快，他们飞速地向下松开那根仿佛无限长的绳索，我以疯狂的速度下坠，狠狠地擦过凹凸不平的粗糙狭窄井壁。我的衣服被撕成了碎片，我感觉自己全身都在流血，这种感觉不断增强，甚至超越了越来越强烈、越来越折磨人的疼痛。一丝微弱的，几乎无法分辨的气味侵入了我的鼻孔，那是一种既潮湿又陈腐的气味，非常古怪，不像我以前闻过的任何东西，而且这气味当中隐约带着淡淡的香料和香薰味道，让我产生了被嘲讽的感觉。

接下来，是可怕的精神灾难。这灾难恐怖至极，可怕得无法通过清晰的言语进行描述。它是一种精神与灵魂的恐怖，没有任何细节可以形容。它是噩梦的癫狂，是恶魔的合体。它突如其来，仿佛末日降临、仿佛恶魔出世。前一刻我正苦恼地坠入布满万千利齿的狭窄深井饱受折磨；而下一刻，我却乘着蝙蝠翅膀在地狱深渊中翱翔。我自由地飘荡着，穿梭在无边无际、散发出霉味的空旷世界；眩晕般向上飞升，抵达冰冷苍穹的顶峰，喘息着向下俯冲，陷入令人作呕的虚空并且贪婪吸吮一切事物的天底……上帝保佑，那些狂怒的意识本来可能会令我的感官错乱，会像鹰身女妖①一样撕裂我的灵魂，但是它们因为我的昏迷而被关在了记忆的大门之外。这短暂的喘息，予以我力量以及理智，得以继续忍耐前方道路上潜伏的，更加强烈、更加广博的恐惧。

经历过那段穿梭于阴森世界的骇人飞行后，我缓慢地恢复了感官。恢复过程伴随着无穷无尽的痛苦，并且被离奇怪诞的幻梦所渲染——我被紧紧捆绑、塞住嘴巴

---

①希腊神话中的一种怪物，名为哈尔庇厄，长着女性的头和秃鹫的身体、翅膀及利爪，残忍凶恶。

的现状在梦境当中得到了奇特的体现。我在经历这些梦境时，能够清晰地体会到它的各种细节，但是当我脱离这些梦境，它们立即变得模糊不清，缩略成为一个由一连串恐怖事件拼凑而成的大致轮廓——它们也许曾经真实发生，也许只是出于想象的虚构。我梦见自己被一只巨大可怕的爪子抓住；那是一只黄色的、长满毛发的五指利爪，从泥土当中伸出，将我碾碎，将我吞噬。我停下来思考这只利爪到底是什么东西，我觉得那就是埃及。我在梦中回顾过去几周发生的事情，发觉自己正被某些尼罗河巫术的邪恶精魄所引诱，它们巧妙又阴险地、一点一点地诱我陷入网中。早在人类出现之前，它们就在埃及大地上飘荡，即便人类消失以后，它们仍会在此留驻。

我见识到了埃及的恐怖之处，还有令人不快的古老事物，以及它和亡者墓穴、寺庙之间长期形成的可怕同盟。我看到长着公牛、隼、猫，还有朱鹭头颅的祭司，幽灵一般排成长长的队列——绵延不绝地穿过地下迷宫和庞大巍然的通廊中的宽阔大道。那通廊如此高大雄伟，凡人置身其侧，渺小如同苍蝇。我看到这些幽灵般的祭司，向无法用文字形容的神祇献上难以名状的祭品。巨大石像在无尽的黑夜中行进，驱赶着一群露齿讥笑的斯芬克斯奔向逶迤的河岸——在那不见尽头的河道中淤积着凝固的沥青。在这一切的背后，我看到了原始巫术那无人敢于言说的凶狠恶毒。它那没有固定形态的黑色躯体，于黑暗之中，贪婪地在我身后摸索着，试图扼杀敢于通过模仿来嘲弄它的灵魂。我沉睡的大脑中上演着关于凶狠仇恨和危险追逐的情节剧。我看到埃及的黑暗魂魄将我挑了出来，它以微不可闻的耳语呼唤我，引诱我，用某个阿拉伯式的表象所散发出的华美魅力引着我不断前行，最终将我推落到那些古老得令人发疯的墓穴，推向那颗早已死去、深不可测的法老之心中所藏匿的恐怖事物。

接着，梦中的面孔现出了人类的模样，我见到了我的导游阿卜杜勒·里斯。他穿着君王的长袍，脸上挂着斯芬克斯式的讥笑——我知道那容貌是伟大的齐弗林的容貌，正是他建造了第二金字塔，并将自己的脸雕刻在斯芬克斯石像上，也是他修建了那座巨大的入口神庙——当今的考古学家自认为从神秘的黄沙与沉默的岩石当中发掘出了神庙的所有隧道。之后，我看到了齐弗林的手，那只既长又瘦且僵硬的手，和我在开罗博物馆中看到的闪长岩雕像一模一样——那尊雕像正是在骇人的入口神庙中被人发现的。我不由得惊诧，为何当我在阿卜杜勒·里斯身上见到那只手的时候，竟然没有惊声尖叫……

那手冰冷可怕，正一点点将我碾碎；那是石棺的冰冷与束缚……那是不再被铭记的古埃及所带来的寒冷与压迫……那是黑暗的、如同坟墓一般的埃及……那黄色的爪子……它们悄声倾诉有关齐弗林的往事……

　　但就在此时，我逐渐醒来——或者说，我至少进入一种不完全的睡眠状态。我回想起发生于金字塔顶的决斗；想起那些背信弃义的贝都因人，以及他们对我发起的攻击；想起我被绳子绑住，向无尽的岩石竖井深处坠落；想起我疯狂地摇晃着身体，在混杂着芳香与腐败味的刺骨虚空之中挣扎。我意识到自己正躺在潮湿的岩石地面上，捆住我的绳索毫不松动，仍然紧紧咬着我。周围很冷，我似乎感觉到一股微弱但令人厌恶的气流掠过我的全身。岩石深井的粗糙岩壁带给我的瘀伤与创口令我疼痛不堪，而微弱气流的刺鼻臭味令这些疼痛变得更加严重，犹如针扎火燎。在此情形之下，仅仅是一个翻滚的动作就让我因为无法形容的痛苦而全身颤抖。当我翻身的时候，能感觉到捆住我的绳子上端传来一股拉力。这令我断定，这条绳索仍然连接在地面之上。然而我不清楚是否还有阿拉伯人在上面拉着它，也不清楚我现在身处于怎样的地底深处。我只知道，我的周遭是完全或者近乎完全的黑暗，没有一丝月光能穿透我的遮眼布。然而，我依旧不愿意相信自己的感官，并且根据坠落时度过的漫长时光，接受自己正处于地底深处的推断。

不过，我至少知道，我是在一个距离地面很远的空间里，这个空间的正上方有一个从岩石中凿出的开口。我很怀疑这所囚禁我的临时监狱或许是掩埋在地底的齐弗林入口神庙，也就是斯芬克斯神庙。我也许正躺在神庙的某条内部走廊上，不过早上探访神庙时，导游没带我来过这儿。假如我能找到一条路通往被封闭的神庙入口，或许能够轻易逃脱。我将要在一座迷宫中游荡，但这并不比我从前经历过的更加糟糕。逃脱的第一步是摆脱束缚我的绳索、遮眼布和口塞，这对我而言不是难事。在我漫长又丰富多彩的职业生涯中，比那些阿拉伯人更为高明的专家曾经用他们能想到的各种办法来拘禁我，但从未获得成功。

此时，我又突然想到，那些阿拉伯人也许会在入口处时刻准备着，如果有任何迹象表明我可能已从绳索的捆绑中逃脱——比方说他们手中握住的绳子出现了明显的晃动，他们会立即发起袭击。当然，前提是我的确被监禁于齐弗林的斯芬克斯神庙之中。上方连接外部的开口——不论它藏在何处——都不会距离那个靠近斯芬克斯雕像，在现代被经常使用的神庙入口太过遥远。因为游客所知道的区域总是非常有限，一点儿也不大。白天的朝圣之旅中，我没有注意到这样的洞口。我也非常清楚，这些细微的事物在流沙之中很容易被人忽略。当我被紧紧捆绑，蜷缩在岩石地面上一心思索这些事的时候，之前那段坠入深渊、在洞穴里面不停晃动，最后陷入昏迷的恐怖经历几乎快被遗忘。此时此刻，我只想着如何能够击败那些阿拉伯人。我必须尽快令自己从束缚中获得自由，同时避免出现任何纵向上的拉扯，以防泄露出我正在逃脱，或者尝试逃脱的讯息。

　　然而，实际行动比下定决心要难得多。经过几次尝试后，我意识到，如果不采取较大动作的话，这项任务几乎不可能完成。经过一次极为激烈的挣扎以后，我感觉到绳子从上方坠落下来，一卷一卷地堆积在我的四周还有身上。我对此并不感到惊讶，很显然，贝都因人察觉到了我的行动，并且松开了绳子。毫无疑问，他们正急忙赶往神庙的真正入口，准备在那里凶狠地对我发动袭击。前景并不乐观，可是，过去我曾经毫不退缩地面对过更为糟糕的情境，现在的我也绝不会退缩。我目前必须先将自己从束缚中解脱出来，再依仗才智，毫发无伤地逃出神庙。奇怪的是，那时我始终坚信自己身处于靠近斯芬克斯雕像，用于纪念齐弗林的古老神庙中，我离地面只有很短的距离。

　　正当我制订逃脱方案时，这种信念被一个愈发恐怖和明显的事实所粉碎，我对于这个古怪深渊以及恐怖神秘的所有原始忧惧开始苏醒。我之前说过，坠落下来的绳索堆积在我的四周以及身上，此时，我感到它在不停地堆积——任何一根正常长度的绳索都不可能堆积到这种程度。绳子坠落的势头越来越猛，仿佛雪崩一样迅速坍塌，掉下来的绳索堆在我的四周还有身上，迅速地将我淹没，令我无法喘息，几乎窒息。我的意识再次变得模糊，可仍旧徒劳地试图摆脱这令人绝望又不可避免的危险。我已经受了无法忍受的折磨，生命和呼吸正被绳索慢慢碾碎，而威胁我的不仅限于此——我明白不合常理的绳索长度意味着什么，正处于未知的、不可估量深渊之中的事实更令我恐惧。之前那段好似永无止境的坠落，以及在充满鬼怪的虚空中摇摆着飞行，必定是我真实的经历。此时此刻，我也必定无助地躺在通往星球内核的某个无名洞穴世界之中。这种终极恐惧突然被证实，实在让人无法承受，于是我再次陷入仁慈的昏迷中。

　　我所说的昏迷，并不意味着没有梦境。与之相反，我离开清醒的意识世界后，看到的是一连串难以言喻的可怕梦境。上帝啊！如果在踏上这黑暗与恐怖源头的土地之前，我没有读过那么多的关于埃及的著作该有多好。第二次昏迷时，我沉睡的大脑重新认识了这个国家，以及它古老的秘密。因为一些该死的意外，我的梦境发生了转变，这个转变切合了关于死者的古老观念——他们在灵魂和肉体上的逗留，超出了那些神秘的坟墓，那些坟墓与其说是坟墓，不如说更像是房屋①。我清楚地记得埃及墓穴既奇特又精致的建筑结构，还有决定这种建筑结构的可怕的奇异教义，万幸的是，我忘却了自己在梦中所拥有的形体。

这些人只在意死者和死亡。他们设想了一种极为乏味的方式来复活这些尸体——以孤注一掷的热情将尸体制成木乃伊，并且将所有重要的脏器保存在尸体附近的卡诺皮克罐②当中。除了肉体以外，他们还相信复活死者需要另外两个极其重要的元素：一是灵魂，它在经过奥西里斯的称重以及允许之后，会进入祝福之地生活③；二是晦涩不清并且不祥的"ka"，或者说生命本质，它以

①原文或许有误，古埃及盛行的观念应当是死者的灵魂漂泊在外，而肉体停留在这些房屋一般的坟墓当中。
②卡诺皮克罐即脏器瓮，一套四个，古埃及人用它来保存死者的肝、肺、肠和胃。
③古埃及人认为人死后将接受冥王奥西里斯的审判——看死者心脏的质量是否胜过真理羽毛，较重的灵魂将被吞噬，较轻的灵魂将享受永生。

骇人的方式在上层和下层世界之中飘荡：有的时候，它会进入被保存好的尸体当中，享用祭司和虔诚的死者亲属供奉在墓穴祈祷室里的食物；还有些时候，它会如同人们私下传说的那样，返回自己的尸体，或者是总被埋葬于尸体旁边的木质替身当中，溜出去干一些令人恶心的差事。

数千年来，这些尸体被华丽地包裹着。在"ka"不曾降临的时候，它们总是呆滞地向上方凝望，等待着某一天，奥西里斯重新向它们注入"ka"和灵魂，然后带领着僵直的亡者军团，从它们沉睡的陷落之宅中走出。那将是光荣的重生，但并非所有的灵魂都可以获得这种殊荣，并非所有的墓穴都能够不受侵扰，所以必定将出现一些怪诞的错误或者可怕的畸变。时至今日，阿拉伯人仍会悄声提起某些不洁的集会，以及在被遗忘的地底深渊举行的肮脏仪式——只有长着翅膀的"ka"和失去灵魂的木乃伊才能毫发无损地从地底深渊去而复归。

最令人毛骨悚然，血液都为之冻结的东西也许是传说当中堕落的祭司所制造的邪恶产物——那些模仿上古的神祇，由人类的躯干、四肢与动物的头颅组合而成的混合木乃伊。在埃及的各个历史阶段，都曾将神圣动物制成木乃伊，人们希望这些神圣的公牛、猫、朱鹭、鳄鱼等将有朝一日重返现世，获得更伟大的荣耀。当埃及逐渐式微，他们才会将人类和动物混进同一个木乃伊当中——只有当埃及逐渐式微，人们不再理解"ka"和灵魂的权利乃至特权时，才可能发生这样的事情。没有任何传说提及在这些混合木乃伊身上所发生的事情，至少公开的传说中不曾提及，而且可以肯定的是，没有任何一个埃及考古学者发现过这种木乃伊。而在阿拉伯人当中流传的谣言太过荒谬，并不值得信赖。他们甚至暗示道，斯芬克斯雕像、大门敞开的入口神庙，还有第二金字塔的所有者——老齐弗林，生活在遥远的地底，与食尸鬼女王尼托克丽丝结为夫妻，共同统治那些既非人类也非野兽的木乃伊。

这便是我梦见的一切：齐弗林和他的伴侣，还有他那由混合亡者组成的诡异军队，为此，我很庆幸自己在梦境之中的形体已经从记忆中消失。我所目睹的最可怕的梦境景象，与白天我自问自答的那个无聊问题相关——我见到沙漠中的巨大石雕谜题时，曾经感到好奇，靠近神庙的未知深渊可能与什么事物秘密相连？这个天真又古怪的问题，如今在我梦中被赋予了歇斯底里、乱七八糟的疯狂意味……斯芬克斯最初被雕刻成形之时，到底象征着怎样巨大又可憎的怪物呢？

我的第二次苏醒——假如我确实从梦中醒来，留下了一段极为骇人的记忆。尽管我生命中充满的各种冒险经历远远超出大多数人的想象，但是，除去紧随其后发生的事情，我从前的所有经历都无法与这段记忆相比拟。想必读者还记得我曾说过，我被瀑布一般倾泻而下的绳索埋住，从而丧失了意识，那无尽的令人难以想象的绳索长度揭示出我正身处于灾难一般的地底深处。现在，我的感知逐渐复苏后，却感觉到绳索的重量已经全部消失。我翻了个身，然后意识到，尽管我的四肢仍被捆绑，嘴巴被紧紧塞住，眼睛被严实遮蔽，但那些如同山崩一般砸在我身体上，令我无法呼吸的绳索已经被某种力量移开。当然，我只能慢慢体会这种状况所隐含的深意，可是，我早已筋疲力尽，这刚刚降临的新恐惧已无法对我产生太大影响，否则我必定再次昏厥。我独自一人……不知与什么东西一同置身于此。

　　在我用新的臆想折磨自己，或者做出新的努力摆脱束缚之前，一种新的状况开始彰显。我的胳膊和腿不再像之前那样疼痛难挨，我似乎被大量干涸的血液所包裹，尽管我之前的创口和瘀伤不可能制造出如此多的血液。我的胸口似乎被刺穿了上百处的伤口，仿佛是被一些巨大的朱鹭充满恶意地啄出。很显然，那移开绳索的力量并不友善，它对我造成了严重的伤害，又不知何故停了下来。不过，我此时的感受与人们通常的预期截然不同——我并没有陷入绝望的无底深渊，而是鼓起了新的勇气，并采取进一步的行动。因为我意识到这些邪恶的力量仍是有形的物体，一个无所畏惧的人足以在公平的环境下与之对垒。

基于这样的想法，我再次和身上的束缚开始了角力，就像从前在聚光灯和观众的掌声中所做的那样，运用我毕生的技巧来解救自己。那些逃生过程中的熟悉细节萦绕着我，我对自己之前的信念又开始将信将疑——绳索已经消失不见，那些最恐怖的事物不过是虚无缥缈的幻觉，可怕的竖井、无底的深渊、无穷尽的绳索都从未存在。我是不是正处于斯芬克斯身旁的入口神庙当中？当我无助地躺在这里，那些鬼鬼祟祟的阿拉伯人是不是已经偷溜进来折磨我？无论如何，我必须获得自由。我要摆脱所有束缚，睁开眼睛去捕捉从任何光源泄露出的点点微光。我愿与背信弃义的邪恶仇敌作战。

我说不清自己花了多少时间摆脱这些累赘，想必比在舞台上表演花费的时间要长，因为之前的经历使我深受创伤、筋疲力尽、无比虚弱。当我终于重获自由，摘除下眼罩和塞嘴物的阻碍，深深吸入凉爽、潮湿、散发着邪恶香味的空气时，我发觉自己已经僵直疲惫得难以立即采取行动。于是我躺了下来，花了一点儿时间试图伸展被扭曲被碾压的身体，同时睁大双眼捕捉任何可能的光线，从中获取关于自己身处何处的提示。

我的体力和灵活性逐渐得到恢复，但眼睛却仍然无法视物。我摇摇晃晃地站起身来，仔细地朝着各个方向看去，视线却被一片浓厚的黑暗所笼罩，一如我之前被蒙住双眼时揣测的一样。我试着动了动自己被破碎的裤管，以及干涸的血渍包裹住的双腿，发现还能行走，但是却不知道应该走向哪个方向。显而易见，我不该随意走动，也许应当直接从我要找的那个入口撤离。我停下脚步，开始注意那股我一直能够感知到的，冰冷、恶臭、泛着碱味的气流——它的源头可能是通往深渊的入口。我努力地追踪着这个标记，不停地向前走。

如果我随身带着一盒火柴，甚至一只小手电筒就好了，但是我被撕碎的衣服口袋里早就空无一物。我小心翼翼地在黑暗中行走，那股气流越来越强，越来越令人厌恶，到最后，这股气流变成一束由可憎水汽组成的有形气体，从一些孔洞中灌出，好像是东方传说中，渔夫打开瓶子，精灵出现时冒出的黑烟。东方……埃及……确实，这孕育文明的黑暗摇篮也是一口泉眼，不断向外涌出无法形容的奇迹与恐怖。我对这股洞穴气流的成因思考越多，就越发强烈地感到不安。我之前以为它所散发出的臭味至少是一个通向外面世界的间接线索，然而此时此刻，我清楚地意识到，这种腐败的味道根本不可能是利比亚沙漠清新空气与其他事物的混合体，它和外界没有任何联系。从本质上讲，它必定来自更低处邪恶深渊中喷出的某些东西，所以我一直在朝着错误的方向前进！

　　思索一会儿之后，我决定不折返，而是继续前行。远离这股气流，我将失去标记——这水平的地面不具备任何特殊结构可供辨识。但是，如果我跟随这股气流前行，必然将抵达某个洞口，然后我可以沿着洞口旁边的墙壁走到这个巨大洞穴的另外一端，除此之外，这里没有其他可以用于导航的标记。我很清楚，这个方法也许会失败。我觉得这里并不属于游客们所熟知的齐弗林入口神庙。我突然想到，这个古怪的大厅，也许考古学家们都不知道。那些多管闲事的恶毒阿拉伯人可能是为了囚禁我，于是偶然地发现了它。如果事实如此，是否真会有道路通往人们熟知的神庙，或者外部世界？

　　现在，我究竟掌握了什么证据能够证明这里就是入口神庙呢？刹那间，所有最疯狂的揣测统统涌上心头，我想起之前一系列印象所组成的栩栩如生的混合体——

坠落、悬浮于空中、绳索、我的伤口，还有那些梦——它们都只是怪诞的梦境。这也许就是我生命的尽头？或者说，如果这的确是生命的尽头，反而是一种仁慈？我无法回答自己提出的任何问题，只能继续前行，直到命运为我带来第三次昏迷。这一次，不再有梦境出现，因为事情的突然爆发令我抛开了所有有意识或者无意识的想法。那股令人厌恶的气流突然在某处变得非常强劲，对我的身体造成了实质性的阻力，而我脚下的道路也出其不意地变为下降的阶梯，我不小心绊了一跤，滚下巨大的石头阶梯，跌入一个可怕深渊。

我在此之后还能再次呼吸，简直是对健康人类机体所拥有强大生命力的最好赞颂。我常常回想起那个夜晚，并对那一次又一次地失去意识感到有一点儿滑稽。当然，也许那一连串的昏迷其实并未发生，发生在地底噩梦中的所有情境都不过是我长时间昏迷时所做的怪梦。这次昏迷开始于我惊恐地坠入深渊，而结束的时候，我沐浴在外界空气的芬芳，以及太阳初升的曙光之中，我伸展躯体躺在吉萨的黄沙上，雄伟的斯芬克斯扬起嘲讽的脸，正对着我。

我更愿意接受这种解释，因此，当警方告诉我，齐弗林入口神庙的栅栏松开了，仍被掩埋的某个角落中有一个通向地表的巨大裂缝时，我感到十分高兴。与此同时，我也乐于听到医生说，我身上的各种伤口似乎是在扭打、捆绑、坠落、挣脱束缚、从高处摔倒——也许是摔进神庙内部廊道的某个凹陷处——以及拖着自己的身体来到神庙的栅栏处，并从中逃脱等经历造成的……这个诊断结果着实令人感到慰藉。但是，我知道，事情并不像表面上看起来的那么简单。那一段急速坠落的记忆太过真实，令人难以忽视。更奇怪的是，找不出任何一个阿拉伯人符合我对导游阿卜杜勒·里斯·埃尔·德洛曼所作的描述——那个声音空洞，看起来，尤其是微笑时特别像齐弗林法老的导游。

我已经偏离了之前的连贯叙述——也许是徒劳地希望逃避最后发生的事情。那件事情，肯定完全是一场幻觉。不过我保证要将它说出来，我不会违背这个诺言。从黑暗的石头阶梯上摔下去之后，我恢复了知觉——也许恢复了——我继续孤身一人置身于黑暗中。气流当中的臭味，虽然之前就已经很令人恶心，此时愈发浓烈。不过我早已熟悉了这个味道，于是还能够顽强地忍耐着。我恍恍惚惚地开始从腐臭气流吹来的地方爬开，用我流血的双手摸索着铺设在辽阔路面上的巨大石块。在此期间，我的脑袋撞上了一个坚硬的物体，双手的触感告诉我，那是一根柱子的底部——一根雄伟得令人难以置信的柱子——它的表面布满凿刻而成的巨大象形文字。之后，我继续向前爬，遇到了其他柱子，这些柱子之间的距离宽得不可思议。突然，我的注意力被一些东西吸引，不过，在我察觉这些东西之前，它们肯定已在我的潜意识中不停地冲击着我的听觉了。

地心深处的某个深渊中传出一些声音，清晰并且颇有节奏，不同于我之前听到的任何声音。直觉告诉我，它们可能来自某种古老的仪式，对埃及学的钻研使我将这些声音与长笛、萨姆布克琴①、叉铃，还有皮鼓联系起来。它们发出的极具韵律的各种笛声、嗡嗡声、咔嚓声还有打击声，令我感到超越世间所有已知恐怖的害怕——这种感受极为怪异，脱离了个人的恐惧心理，而是客观地为我们这个星球感到怜悯——在星球深处暗藏这样的恐怖，而这恐怖正隐藏于那些刺耳杂音的背后。那些声音逐渐增强，我感到它们正在不断地靠近。紧接着——但愿万神殿中的所有神祇联合起来，使类似的声音不再出现于我的耳旁——我开始听到微弱而遥远的声音，那是兵团行进时所发出的令人毛骨悚然的踏步声，仿佛已

①希伯来人用的三角古竖琴。

经回荡千年。

那些踏步声各不相同，却构成了完美的节奏，听来令人不寒而栗。这些怪物们想必已在地心深处进行了数千年的悖神训练……踩踏、敲击、行进、潜行、隆隆滚动、咚咚行驶、匍匐爬行……这一切都贴合那些仿佛嘲笑着的乐器所发出的不和谐韵律。然后……上帝，请让我忘记那些阿拉伯人的传说吧！那些失去了灵魂的木乃伊……那些飘荡的"ka"聚集在一起……那群在四十个世纪之前已死去，被恶魔诅咒的法老们……齐弗林法老和他的食尸鬼女王尼托克丽丝，一起率领着这些由人和动物混合而成的木乃伊，穿过了最外端的缟玛瑙洞穴……

脚步声不断逼近——当细节彰显得愈加清晰时，天哪！请将我从那些人脚、爪子、蹄子、兽掌的踏地声中解救出来吧！在这幽暗宽阔的地底大道上，我见到一线微光正于恶臭的狂风中摇曳，于是我爬到了一根高耸的柱子旁，试图藏在这巨大圆柱的身后以躲避即将降临的恐怖——数百万只脚阔步前行，经过恐怖古老的巨大石柱，渐渐向我走来。摇曳的光亮渐渐多起来，踏步声，还有不和谐的刺耳韵律也越发响亮，令人作呕。橘黄色光亮的闪耀中，一幅令人敬畏的情景逐渐展现——我喘着气，惊叹不已地看着眼前这幅征服了恐惧与险恶的奇迹景象。我看到了高大立柱的基座，它们腰部的高度超出了人类视野的极限——仅仅是基座部分就令埃菲尔铁塔显得低矮渺小，无法想象的大手在这个巨大洞穴之中刻下象形文字——在这里，阳光只存在于遥远的传说中……

我不愿意看那些正在行进中的怪物。我听到它们应和着死亡之乐，机械地踏步前进，关节不断咯吱作响、发出带有硝石气味的喘息，便绝望地下定决心不去看它们。幸好它们没有开口说话……但是，上帝啊！它们那令人疯狂的火炬将影子投射在高大立柱的表面。上帝啊，请拿走它！河马不该长着人类的双手，更不应该手持火炬……人类不应该长出鳄鱼的脑袋……

我试图转身逃开，但四处都是阴影、声音和恶臭。然后我想起了小时候在半睡半醒时遭遇噩梦的应对，于是开始不断对自己重复"这只是个梦！这只是个梦！"但这并没有用，我能做的只是闭上眼睛反复祈祷……至少，我认为自己这样做了，因为处于幻觉当中的人没法确定自己究竟做了什么，但我知道，我只能这样做。我想知道自己是否还能重返外部世界，偶尔会偷偷睁开眼睛，试图分辨出这个地方的其他特征——除了那些混杂香料气味的腐败臭气、高不见顶的立柱，还有异常恐怖的怪诞阴影。大量的火把照亮了洞穴，我忽然意识到，除非这个地狱一般的地方根本没有墙，否则我不可能看不到它的边界，或者是能够确定方位的地标。当我意识到有多少怪物正在集结，当我瞥见一个怪物正庄严平稳地向前行进，我不得不闭上了眼睛——它根本就没有腰部以上的身体！

尸体汩汩地，或者说是死亡喋喋地发出凶狠的嘶鸣，为眼下的氛围——被石脑油和沥青火焰所毒害的阴森氛围——插入了一场由渎神的混合食尸鬼军团发出的整齐合唱。我颤抖着睁开双眼，注视着那一幕景象——倘若不是处于极度惊恐和精疲力竭，任何人都无法想象。那些怪物们仿佛举行仪式一般，对着令人作呕的气流吹来的方向排列成纵队。火炬的光亮照出它们的低垂头颅——或者说是它们所拥有的头颅——它们在一个喷射出恶臭气体的黑色巨洞面前敬拜，那个洞穴高得几乎超出我的视力能够企及的范围。两座庞大的阶梯呈直角侧立在洞穴两旁，阶梯的尽头延伸至遥远的阴影之中，无疑，我之前正是从其中一座阶梯上跌落。

洞穴的尺寸和那些立柱的尺寸极为相称——一栋普通大小的房屋在洞穴中会毫不起眼，一般尺寸的公共大楼在洞穴当中可以被轻易地挪进挪出。人们必须移动自己的眼睛才能找到它的边界——它如此巨大，如此令人胆战心惊的幽暗，如此混杂着芬芳的恶臭……在这敞开的独眼巨人①的门前，那些怪物正在扔什么东西，根据它们的姿势判断，想必是一些祭品，或者用于宗教仪式的贡品。齐弗林是它们的首领，面带讥笑的齐弗林法老，或者说是阿卜杜勒·里斯，头戴着金色的双王冠，用死者的空洞嗓音吟诵无穷无尽的咒语。美艳的尼托克丽丝女王跪在他的身旁，某个瞬间我瞥见了她的侧脸，发现她的右脸已经被老鼠或者是其他食尸鬼吃掉了。当我看到它们将什么东西作为贡品扔进洞穴，或是供奉给神祇时，我再次闭紧双眼。

这场尽心尽力的仪式让我想到，藏匿其间、接受敬拜的神祇一定极为重要。他是奥西里斯、伊西斯、荷鲁斯，或者阿努比斯吗？或者是某位更加重要、更加至高无上，却并不被世人知晓的亡者之神？传说当中，早在已知神祇被世人崇拜之前，还存在一位无名之神，那些可怕的圣坛和巨像都是为他而建……

我鼓起勇气睁开眼睛，看着那些无名之物狂热地继续其阴森的敬拜仪式。逃离此处的念头闪过我的脑海。

---

① 波吕斐摩斯，希腊神话中的独眼巨人。

这座大厅无比幽暗，立柱之间遍布浓重阴影。那群存在于噩梦中的怪物全神贯注于它们敬拜的狂喜中，我勉强能爬到一座阶梯的最远处，然后悄悄地爬上去——相信命运和技艺能够将我送上去。我不清楚自己在哪里，也没有认真地思考过——某个瞬间，我突然感到，自己在梦中认真地策划一次逃亡非常滑稽。我不是在齐弗林入口神庙——那个历代被人称为斯芬克斯神庙的下方某个隐秘未知的底部吗？我无法做出判断，但我决心要活下去，要意识清醒地爬上去，假如我的智慧还有肌肉能够胜任的话。

我平躺着向前蠕动，焦急地爬向左手边那座阶梯的底部，它看上去比另外一座阶梯更容易靠近。我无法描述在爬行过程之中发生的一切，以及我在爬行过程当中的感受，但想象一下，我必须盯住那些在风中摇曳的邪恶火炬的亮光，以避免被发现，或许就能够猜出我的处境。我之前说过，阶梯的底部藏在非常遥远的阴影处，并且毫无回旋地笔直上升，直至巨大洞穴顶端那个高得令人头晕目眩的护栏平台上。这是我爬行的最后一段旅程，我逐渐远离那些令人恶心的群体，它们在我右侧很远的地方，却仍旧令我觉得不寒而栗。

最后，我终于爬到了阶梯，开始向上攀登。我紧紧贴着墙壁，那上面有我见过的最为可怕的装饰。怪物们专心致志、狂喜痴迷地凝视着发出恶臭气流的洞穴，还有它们抛在洞前大道上的渎神贡品，这让我获得了一些安全感。由硕大的斑岩石块砌成的阶梯巨大又陡峭，仿佛是为了巨人的脚而设计，向上攀爬的过程仿佛永无止境。担心被发现所带来的恐惧，还有运动给伤口带来的更多疼痛，使得这次攀爬成为令人痛苦不堪的记忆。我本来打算，一旦到达洞穴上方的平台，就立即顺着任何可能通往上方的阶梯继续攀爬，再也不向那些位于下方七十或者八十英尺处，跪着，或者匍匐在地的畸形腐尸多看一眼。然而，正当我将要到达阶梯顶端之时，下方突然又响起由尸体和死亡汩汩喋喋的嘶鸣声交织而成的合唱，如同雷鸣一般。这声响仍然遵循仪式固有的节奏，想必不是我被发现的警报，于是我停了下来，小心翼翼地爬到栏杆上，向下俯视。

我看到，有东西正从令人作呕的洞穴中探出头，抓住了那些供奉给它的恶心贡品，而怪物们则为此欢呼雷动。即便从我所处的高度来看，洞穴中的东西也极为庞大并且笨重，它是个长着毛的黄色东西，动作强健有力。它的尺寸接近一只大型的河马，但是形体很奇怪。它似乎没有脖子，而是从一个近似圆柱的躯体前端并列长出五个毛发蓬松、相互独立的脑袋。第一个脑袋非常小，第二个脑袋却大了很多，第三个和第四个脑袋是最大的，第五个脑袋相对小一些，但并没有第一个那么小。这些脑袋中伸出了奇特的坚硬触须，贪婪地抓住了洞穴之前令人难以启齿的食物。这东西偶尔会跳起来，偶尔也会以一种极为奇特的方式退回巢穴。它运动的轨迹是如此不可思议，以至于我痴迷地注视着它，希望它能从我身下的巨型洞穴当中走出来。

之后，它真的走出来了……它真的走出来了，我一见到它，就立即转身，朝着黑暗中通往高处的阶梯逃去。我看不清前方，也没有任何逻辑理性的指引，却不知不觉爬上难以置信的巨大台阶、登上阶梯、跑过倾斜的地面，我将这一切都归为梦的世界，不需要任何证实。那必定是一场梦，否则我绝不可能在黎明时，发现自己身处于吉萨沙漠中，雄伟的斯芬克斯像正对着我，它嘲讽的面孔被曙光照亮，而我在它的凝视中大口呼吸。

斯芬克斯！天哪！在这个阳光明媚的清晨之前，我曾问自己一个无聊的问题——斯芬克斯最初被雕刻成形之时，到底象征着怎样巨大又可憎的怪物呢？无论是否梦境，我都会诅咒那幅景象——它向我揭示了最可怕的惊恐——无人知晓的亡者之神，它在未知的地底深渊舔舐巨大的下颌，本不该存在的无魂之物向它献上令人悚然的珍馐……长着五个脑袋的怪物出来了……与河马一样大小的五头怪物……那个五头怪物——仅仅只是它的前爪……

然而，我幸存下来了，我知道，这只是一个梦。

The Alchemist

炼金术士

在原始森林嶙峋的大树旁，树木茂密的山丘顶部的草地上方，高高耸立着我家祖先们建造的古老城堡。几个世纪以来，它高耸的城垛一直作为这个高傲家族的家园和堡垒俯瞰着四周崎岖荒凉的乡野，这个家族尊贵的历史比长满苔藓植物的城墙外墙还要古老。这些古老的塔楼是在封建时期形成的，是全法国最可怕和最坚固的堡垒之一，而如今它们在世代风雨中褪色，慢慢在巨大的时间压力下摇摇欲坠。它布满堞眼的护墙和无数城垛，击退了无数男爵、伯爵，甚至国王们，宽敞的大厅里从未回响过入侵者的脚步。

但在那些光辉岁月之后，一切都改变了。家族的境况几近一贫如洗，加上家族荣誉禁止后代从事可以缓解困境的商业活动，我们这些后代无法维持产业原有的辉煌；还有墙壁上的落石、公园里杂草丛生的植被、干燥且积满灰尘的护城河、路面高低不平的庭院、外面倒塌的塔楼，以及下陷的地板、虫蛀的壁板和房间里褪色的挂毯，都共同讲述了一个盛极而衰的忧伤故事。随着时间的流逝，四座大角楼一个接一个地被毁，直到最后，仅剩一座塔楼，里面居住着曾经强大的领主们所剩不多的后代。

九十年前，正是在这座仅存塔楼一间宽敞而阴沉的房间里，我，安托万，C——伯爵家族里最后一个不幸、受诅咒的人出生了，开始了我烦扰的一生。我的童年是在这些城墙内、暗影森林中、野山沟和下面山坡上的石窟里度过的。我从来不知道我的父母。在我出生前一个月，32岁的父亲被城堡废弃护墙上一块掉落的石头砸死；而我母亲在我出生时就死了，对我关怀和教育的责任完全转移到了一个仆人身上，一位相当聪明和值得信赖的老人，我记得他的名字是皮埃尔。我是家里唯一的小孩，缺少同伴这一事实又因为我的老年监护人奇怪的照顾方式被进一步放大，他不让我和住在山脚周围平原上的农家孩子交流。皮埃尔当时说，贵族出身限制了我与平民的交往。如今我知道了，这么做的真实目的是不让我听到关于我们家族可怕诅咒的闲聊——那些朴实的佃农们在夜晚小屋的炉火边低语和夸大的故事。

于是，孤独的我只能依靠自己，我的孩提时光大多用来研读城堡阴影笼罩下的图书馆里的大量古代巨著，以及在黄昏时漫无目地在山脚附近的幽灵森林中游荡。也许是受到这种环境的影响，我的心中早早拥有了一丝忧郁。最吸引我的是那些关于大自然黑暗与神秘一面的研究和探索。

关于自己的家族，我被允许知道的非常少，但所能获得的那一点儿信息让我非常沮丧。也许最初只是年长导师在谈到我的父系祖先时显而易见的不情愿，每当有人提到我伟大的家族时，我都会感到恐惧；但逐渐成年后，从日渐衰老的老人不情愿的话语中，我能够将断断续续的只言片语拼凑起来，我一直觉得与这种只言片语相关的情况很古怪，但如今我隐约觉得这很可怕。这种情况就是，我家族中的伯爵都早早地过世了。虽然我起初认为这是一个短命家族的遗传属性，但后来我对这些早逝进行了长时间的思考，并开始将他们与一位老人的漫游联系起来，他经常说起一个几个世纪以来的诅咒，家族继承人的生命都不会超过32岁。我21岁生日那天，年老的皮埃尔给了我一份家族文件，他说，这份文件一直是父子相传。文件内容令人极为震惊，细读后证实了我最大的担忧。此时，我已对超自然现象坚信不疑，否则我应该会对那在我眼前展开的、令人难以置信的记述嗤之以鼻。

这份文件把我带回了 13 世纪，那时我所居住的古老城堡还是一处令人生畏、坚不可摧的堡垒。文件讲述了一个古代的人，他曾经住在这片土地上，很有才能，但地位并不比农民高。他的名字是米歇尔，由于他邪恶的名声，人们常称他为"Mauvais"（法语），意即邪恶之人。他的研究范围超越同侪，寻找着诸如贤者之石或长生不老药之类的，被认为精通黑魔法和炼金术的可怕秘密。米歇尔有一个儿子，名叫查尔斯，他和父亲一样精通秘密法术，他因此被称为"Le sorcier"（法语），意即巫师。当时所有良善之辈都对这两人避之不及，人们怀疑他俩做过可怕的事。据说老米歇尔活活烧死了他的妻子，将她作为祭品献给魔鬼，许多农家小孩莫名其妙的失踪也被认为是这两人的可怕行径。然而，在父子俩的黑暗天性下，有一丝救赎人性的光芒；邪恶的老人强烈地爱着他的孩子，而年轻人则对他的父亲有一种不能仅仅称为孝顺的深厚感情。

一天晚上，山丘上的城堡陷入混乱之中。亨利伯爵的儿子——年轻的戈弗雷失踪了。疯狂的父亲率领搜索队闯入了巫师的小屋，正撞见老米歇尔在一口巨大的、剧烈沸腾的大锅边忙碌着。在没有任何确凿证据的情况下，愤怒和绝望的疯狂之中的伯爵将手伸向老米歇尔，在他松手之前，对方就已经没气了。与此同时，仆人们欣喜地赶来告诉他，在一座偏远闲置的大房子里发现了年轻的戈弗雷，此刻为时已晚，可怜的米歇尔已被白白杀死了。当伯爵等人离开炼金术士简陋的小屋时，巫师查尔斯出现在树丛中。激动的仆人们喋喋不休地告诉他发生了什么，但他起初似乎对父亲的死亡不为所动。然后，他慢慢走向伯爵，以沉闷而可怕的声音说出了从此萦绕C——家族的诅咒——

"愿凶手之血脉再无一人寿长于汝！"

他说着，从长袍里拿出一瓶无色液体，洒在杀死他父亲的凶手脸上，然后向后跳到黑色的树丛中消失在漆黑的夜幕里。伯爵一声不响就死了，第二天被埋葬，从他的出生时辰算起，正好32年。一队队不肯放弃的农民搜遍邻近的树林和山丘周围的草地，却没有找到凶手的踪迹。

时光的流逝冲淡了已故伯爵的家人对诅咒的记忆，所以当整个悲剧事件无辜的起因——继承了伯爵称号的戈弗雷32岁时在狩猎中死于流矢时，除了对他的死亡感到悲伤，人们并没有想到别的。多年之后，下一位年轻的伯爵罗伯特被发现死于附近田地里，且没有明显的外因。农民们惊讶于他的早亡，纷纷窃窃私语，说他们的领主最近刚过完32岁生日。罗伯特的儿子路易斯，同样在这致命的年龄被发现淹死在护城河里，厄运就这样一代代传下去：不管是叫亨利、罗伯特、安托万还是阿尔芒，都在年纪快和他们那位犯下杀人罪行的不幸祖先一样时被夺去了快乐善良的生命。

读了这些文字后，我确信自己顶多只剩十一年可以活。之前并不怎么被我看重的生命如今每一天都变得愈发珍贵，我越来越深入地钻研隐秘的黑魔法世界。由于我离群索居，现代科学对我没有影响，我的学习过程就像中世纪古人一样，学习炼金术知识的热情不比当年的老米歇尔和年轻的查尔斯低。尽管我博览群书，却没法解释家族遭遇的诅咒。在异常理性的时刻，我甚至会去寻求合理的解释，把祖先的早逝归咎于邪恶巫师查尔斯和他的后代；但仔细调查后我发现，这位炼金术士并没有任何已知的后裔，我只好又回到神秘学的研究中，并再次努力寻找一种可以解除家族咒语的办法。对一件事我很坚定，我永远不会结婚，由于家族已没有其他分支存在，所以诅咒会在我身上终结。

我快30岁时，老皮埃尔去了另一个世界。我独自一人将他埋葬在庭院石头下面，他生前很爱在那里散步。我成了城堡中唯一的人类，独自思考着自己的人生。在完全孤独的状态下，我的头脑不再对即将到来的厄运作徒劳的抗争，几乎接受了众多祖先所遭遇的命运。我将大部分时间都用来探索古老城堡中被毁、被废弃的大厅和塔楼，年轻时的恐惧感曾让我避开这些地方，老皮埃尔告诉过我，有些地方四个世纪以来都从未被人类踏足过。我遇到的许多东西都是奇怪而吓人的，家具被岁月的尘埃覆盖着，因长期受潮而腐朽破损；无处不在的蜘蛛网，远超我平生所见；巨大的蝙蝠在各处拍打着瘦骨嶙峋的奇异翅膀，除此以外，便是毫无生气的一片黑暗。

我对自己确切的年纪，具体到天和小时，进行了最为细致的记录，图书馆里大钟摆的每一次摆动都预示着我的宿命。终于，我离自己长久以来一直恐惧的那个年纪十分接近了。由于大部分祖先都是在快到亨利伯爵死时的年纪就被夺走了生命，我随时警惕着未知死亡的到来。我不知道这种诅咒会以何种奇怪的方式降临到我身上，但至少我决心不要做一个懦弱或被动的受害者。我带着新的活力开始检查古老的城堡及其内部。

在这次我对城堡荒无人烟部分进行的最为漫长的探索期间，发生了一件在我生命中最重大的事件。距离命中注定的大限还有不到一个星期时，我对解除诅咒已经不抱一丝希望。我花了大半个上午在一座最破旧的塔楼中半毁坏的楼梯上爬上爬下。到了下午，我发现了一处较低的楼层，那里似乎是一个中世纪的牢房，或是稍晚开挖出的火药库。我慢慢走过最后一级台阶下镶嵌着硝石的通道，发现道路变得很潮湿，借着闪烁的火把光，我很快看到一片水迹斑斑的白墙阻碍了前方的路。我正准备原路返回，突然看到脚边有一扇带门环的小暗门。我停下来，艰难地抬起这扇门，门下出现一道黑漆漆的缝隙，从里面排出的有毒气体让我的火炬噼啪作响。从缝隙望出去，一排石阶的顶部若隐若现。我将火把放低，伸进门内，待火苗稳定下来后，我便开始走下石阶。台阶很多，通向一条狭窄的石板路，我知道这里一定在地下很深的地方。石板路果然很长，尽头是一扇巨大的橡木门。这地方的潮气让门滴着水，它坚决抵抗着我试图打开它的所有努力。在一番徒劳之后，我停了下来想原路返回，当我回过头向着台阶刚迈出几步。突然，我受到了人脑所能承受的最大最疯狂的冲击。毫无预兆的，我听到身后沉重的大门慢慢开启，生锈的铰链吱吱作响。我当时的理性无法做出分析。在一个被我认为彻底荒废、完全不可能存在人类或鬼魂的古堡中发生此事，我脑海中产生了一种最为恐怖的景象。最后，我转过身去，面对声音的来源，目瞪口呆。古老的哥特式门口站着一个人，一个顶着骷髅帽、穿着黑色中世纪长袍的男人。他的长发和飘逸的胡须呈现一种可怕的深黑色，而且特别浓密；他额头高过常人；脸颊凹陷，布满皱纹；长手像爪子一样弯曲着，而且有着在别人身上从未见过的大理石一样的死一般的白。他的身材瘦得像骷髅，奇怪地伛偻着，几乎消失在他那奇怪的宽松长袍里。但最奇怪的是他的眼睛，如同深不可测的两个黑洞，展露出非凡的洞察力，又散发着非人的邪气。这双眼睛现在就盯着我，带着仇恨穿透了我的灵魂，让我站在那里动弹不得。终于，那人影说话了，轰隆隆的声音里乏味的空虚和潜在的恶意让我从头到脚打了个冷战。他使用的语言是中世纪较有学识的人使用的那种听来很恶劣的拉丁语，由于我长期研究炼金术和恶魔学的作品，所以熟悉这种语言。这幽灵一样的人说起了一直缠绕我家族的诅咒、我即将到来的死亡、详细讲述了我的祖先对邪恶的老米歇尔所犯的罪行，并对巫师查尔斯的复仇扬扬得意。他说起年轻的查尔斯如何遁入夜幕中，又在几年后回来，在继承人戈弗雷快到其父被杀死的年纪时用箭射死了他；他如何悄悄回到这片土地，躲在当时就已废弃的地下室，在这个可怕的叙述者所在的地下室的门边，隐匿起来；他如何在地里抓住戈弗雷的儿子罗伯特，将毒药强行灌进对方喉咙里，让他死于 32 岁，从而延续他定下的复仇诅咒的规定。此时，对我来说只剩下一个最大的谜团尚未解开：自那以后诅咒是如何继续完成的，巫师查尔斯早该循着自然规律死去了吧。眼前这个人开始离题万里，讲述父子两代巫师对炼金术深刻的研究，尤其说到巫师查尔斯研究的长生不老药，这种药会给服用的人带来永恒的生命和青春。

有那么一会儿，他的激情似乎取代了那双吓人眼中的仇恨，但是突然间，恶魔般的眼神又回来了，伴随着毒蛇般的嘶嘶声，这位陌生人举起了一个玻璃药瓶，显然想要结束我的生命，就像六百年前巫师查尔斯结束我先祖的生命那样。我的自我防御本能促使我冲破了在此之前一直让我动弹不得的咒语，将即将熄灭的火炬扔向了这个威胁我生命的怪物。我听到药瓶在走道石头上破碎的声音，眼前这个怪人的长袍着了火，吓人的光芒照亮了这个可怕的地方。这个想要杀死我的人无能为力地发出一声充满恶意的尖叫，我本已十分惊惧的神经完全承受不住，晕倒在泥地上。

当我醒来时，眼前是一片可怕的漆黑，我想起之前发生的事，不敢往四周看。但好奇心战胜了一切。我问自己，这个邪恶的人是谁？他是怎么走进城堡高墙内的？他为什么要为可怜的邪恶米歇尔报仇？在巫师查尔斯之后的漫长岁月里，咒语又是如何被执行的？多年来的恐惧已经消失，因为我知道，这个被我打倒的人正是这个诅咒的危险所在；既然我已自由，我迫切渴望对这个笼罩了我家族几个世纪的邪恶诅咒、这个我年轻时挥之不去的噩梦了解更多。我决心进一步探寻，于是在口袋里摸索打火石和铁片，点亮了随身带着的另一只未使用的火把。我在新的火光下首先看到了神秘陌生人扭曲变黑的身体。他那可怕的眼睛已经闭上了。我不喜欢眼前的景象，于是转身进入哥特式大门里边的房间。这里像是炼金术士的实验室。角落里是一大堆在火光映衬下金光闪闪的黄色金属，也许是金子，但我没有停下来细看，因为此刻我的脑海里只有自己刚经历过的事。房间的另一端是通向山坡上黑暗森林里的一处溪谷。

我的心中充满好奇，但如今终于知道这个人是如何进入城堡的，我开始原路返回。我本打算在经过陌生人的遗体时转过头去，但当我走近时，似乎听到它发出微弱的声音，好像生命还没有完全消逝。我惊骇地转过身去，检查地上那被烧焦的干瘪身躯。突然之间，那双比烧焦的脸更黑的可怕双眼大张开来，露出的神情让我难以理解。破裂的嘴唇试图说话，我却怎么也听不懂。我听到了巫师查尔斯的名字，好像还听到那扭曲的嘴巴说出"岁月"和"诅咒"这两个词。尽管如此，我仍然无法从他断断续续的话语中听出主旨。看到我显然没能听懂他的意思，那双黑色的眼睛再次冲我闪着恶意，尽管我发现我的对手是如此无助，但我看着他时仍颤抖不已。

突然，这家伙迸发出最后一股力量，将可怕的头颅从潮湿凹陷的路面上抬起。我站在原地不敢动，因恐惧而四肢无力。他发声了，他在奄奄一息时喊出的这些话此后日日夜夜萦绕在我的心头。"傻瓜，"他尖叫道，"你难道猜不出我的秘密吗？你是不是没脑子，辨认不出六个世纪以来一直履行对你家族致命诅咒的那个有着坚定意志的人？我不是告诉过你长生不老药吗？你难道不知道炼金术的秘密已被人解决了吗？我告诉你，这正是我！我！我！为了维持我的复仇，我已经活了六百年了，我正是巫师查尔斯！"

Medusa's Coil

美杜莎的卷发

与乔里亚·毕夏普 (Zealia Bishop) 合著

I

开往吉拉多角①的车道要穿过一片陌生的乡间田野。黄昏的阳光逐渐转为金黄，如梦似幻；我忽然意识到，如果想在夜色降临前抵达目的地，就必须找准方向才行。我可不想入夜之后还在密苏里州南部荒凉的低地上四处游荡，毕竟路况糟糕透顶，十一月的料峭风寒也倒灌进敞篷车里，雪上加霜。黑云在天际不断堆叠；我扫视着横亘在低旷褐色田野中蓝灰相间的狭长阴影，寄希望于寻觅到几栋房屋，好让我打听消息，找准前行的道路。

这是一片幽静而荒凉的野地，不过透过右侧小河旁的树丛，我还是瞥到了一座房屋的屋顶；它距离公路大概半英里，或许沿着原路再走些许，就能拐上一条通往它的小径。毕竟附近也没别的房屋了，我决定过去碰碰运气。庆幸的是，没过多久，夹道的灌木便向两边

---

①吉拉多角（Cape Girardeau），是位于美国密苏里州东南部，密西西比河沿岸的城市，密西西比河为该市提供了方便的内河航运。

分开，露出一扇石雕大门的遗迹；干枯的死藤在门柱上盘根错节，低矮的树丛堵塞了入口——怪不得我没能在远处看到这条小路。车是开不进去了，我将它小心翼翼地停在大门旁边的一株常绿植物下——如若下起雨来，它还能遮挡些雨水——随后我沿着长长的小路向房子走去。

在渐浓的暮色中，我走在灌木丛生的小路上，可能是笼罩在大门和车道上那种险恶、衰败的氛围所致，一种不祥的预感在心中渐渐明晰起来。根据古旧石柱上的雕饰，我猜测这曾是一座显赫一时的庄园；我还能清晰地分辨出，种植在车道两旁的正是一丛丛椴树，有的已经凋亡枯萎了，苟活下来的也埋没在肆意疯长的灌木丛中，莫可辨识。

随着我慢慢近前，苍耳和荆棘不断撕扯着我的衣服，而我也开始思忖这个地方是否还有人居住，我会不会白跑一趟。有那么一瞬间，我真想掉头回去一走了之，沿着公路再开远些；不过眼前的这座大屋激起了我的好奇心和那种跃跃欲试的冒险欲望。

这座群树环绕的衰朽建筑似乎有种令人着魔的诱惑力。它娓娓诉说着一个逝去的时代，一段渐行渐远的南国风情，以及它曾经拥有过的优雅和空灵之感。这是一座典型的种植园木质宅屋，保留着 19 世纪早期的经典制式，约有两层半楼高，附有一条华美的爱奥尼柱式①门廊，廊上的立柱一直延伸到阁楼，撑起三角形剖面的山墙。房屋衰朽得很厉害，一根巨大的立柱已颓然在地，腐烂不堪；原本修在高处的游廊，也许是阳台，也垂了下来，摇摇欲坠。我暗自猜想，这大屋曾经应该还毗邻着其他的建筑物。

正当我沿着石头阶梯拾级而上，走向低矮的门廊与安装着扇形窗顶的雕花石门时，情绪忽然变得紧张起来。我想点燃一支烟——但发现四周都是干燥易燃的草木后，又打消了这个念头。虽然我确信这座房子已经荒废许久，但它凛然的气势还是让踟蹰的我心有戚戚；我还是准备敲敲门。我费力地拉起锈迹斑斑的铁门环，小心翼翼地叩了几下；整个宅子好像都随着这敲击声震颤、摇曳起来。没人应门，但我还是再次叩响了这个咯吱作响的笨重劳什子——一方面试图叫醒任何可能居住在废屋中的居民，此外，也试图驱散那种不洁的静寂和荒芜。

我听见有只鸽子在河边的什么地方发出悲伤的呢喃，

---

①爱奥尼柱式，源于古希腊，是希腊古典建筑的三种柱式之一（另外两种是多立克柱式和科林斯柱式），特点是比较纤细秀美，又被称为女性柱，柱身有 24 条凹槽，柱头有一对向下的涡卷装饰。由于其优雅高贵的气质，爱奥尼柱广泛出现在古希腊的大量建筑中，如雅典卫城的胜利女神庙（Temple of Athena Nike）和俄瑞克忒翁神庙（Erechtheum）。

似乎也听到了浅浅的流水声音。恍惚之中，我抓住古旧的门闩，晃了晃，最终径直推了推这扇装饰着六块嵌板的巨门。几乎就在同时，我意识到这门并没有上锁；虽然像被卡住了，铰链也发出了令人牙酸的摩擦声，但我依旧推开了大门，步入了宽敞而阴暗的大厅。

可刚一进门我就后悔了。倒不是我在这满是灰尘、陈列着阴森的皇家家具的昏暗大厅中撞见了一大群幽灵，而是发现这里并不是一座被弃置不用的荒宅。华丽的弧形楼梯上传来一阵细碎的吱呀声，有人正步履蹒跚地走下楼来。在楼梯转角宽大的帕拉第奥式①窗户的映衬下，出现了一个颀长但佝偻的身影。

心中最先涌出的一阵恐惧消逝了。在这个身影缓步走下最后几节楼梯的时候，我这个不速之客已经做好问候大屋主人的准备。在昏暗中，我见他伸手在口袋中摸索出一根火柴，来到楼梯角边一张矮桌前，点燃了一盏小煤油灯。在微弱的光线中，我总算看清了来者佝偻的轮廓——那是一位瘦高憔悴的老人，身上的装束如脸上的胡茬一般凌乱，但凭借举止和面容来判断，这定是一

---

① 帕拉第奥式建筑，一种欧洲风格的建筑样式，以建筑师安德烈亚·帕拉第奥（1508—1580）的名字命名。现代的帕拉第奥式风格是原始风格的进化。帕拉第奥式的建筑主要根据古罗马和希腊的传统建筑的对称思想和价值而设计和建造。

位绅士无疑了。

还没等他说话，我便对自己的不请自来开口辩解。

"请原谅我的唐突闯入，我在敲门的时候没听到应答，就贸然认定没人居住在这里。我原本只是想问问到吉拉多角的路——最短的路。我想在天黑前赶到那里。不过现在，当然——"

在我停下的当口，老人说话了。正和我预料的一样，他的语气非常有教养，腔调也很圆润——显然，他所使用的是一种比他居住地更偏南方的口音。

"哪里，倒是您要原谅我没能及时回应。我是个离群索居的人，也没料想会有访客登门。起初，我以为您只是出于好奇而前来窥探。当您敲了第二次的时候，我已经准备来应门了。但我身体不大好，不能走得太快。脊椎神经炎——很恼人的病。

"虽然您准备在天黑前赶往吉拉多角——恕我直言，不大可能了。我猜，您可能是从大门的方向过来的，那条并不是最快最便捷的路。您应该在离开大门后的第一个路口左拐，那才是第一条往左走的路。在那之前，您会开过三四条供马车走的小路，您真正该走的路正对着一棵特别大的柳树，就在公路的右边，那条真正的公路您是不会错过的。等您拐上公路之后，还需要再经过两条小路，然后在第三条小路和公路的交叉口右拐。然后——"

对一个两眼一抹黑的外乡人来说，这些错综复杂的道路搞得我晕头转向——我不由自主地打断了他。

"请您稍等！这个地方我是第一次来，车上也只有一对普通的照明车灯，怎么能在黑暗中按照如此复杂的指示走下去呢？该走哪条，不该走哪条，根本无从分辨。另外，我感觉暴风雨马上就要来了，我开的还是一辆敞篷车。看来，就算我想在今晚赶到吉拉多角，也得颇费周折。事实上，我觉得我还是别妄动为妙。我不想给您增加负担——但在眼前的情况下，您能留我在这儿过夜吗？我不会麻烦您——也不用给我准备晚饭什么的，只给我留个角落挨到天亮就行。我就把车停在外边——虽然天气潮湿了点儿，但应该无大碍。"

就在我突然提出请求的时候，我看到老人脸上那种淡然的表情消失了，取而代之的是一种古怪、讶异的神色。

"睡在——这儿？"

他似乎对我的请求很吃惊，于是我又重复了一遍。

"对，有何不可呢？我向您保证，我不会给您添任何麻烦。我还能怎样呢？我是个外乡人，天黑后这些路简直就成了迷宫，而且，我打赌不出一小时，外面的雨肯定跟瓢泼一样——"

这次是房屋的主人打断了我。我从他的低沉、富有韵律感的声音中察觉到一丝奇异的特质。

"外乡人——当然您应该是，不然也不会请求留宿在这里；估计也不会来这穷乡僻壤。现如今可没人来这里了。"

话到这里，他停顿了。他的只言片语令我的好奇心更炽，留下来的意愿也成百上千倍地膨胀起来。这地方确实有种怪异迷人的特质，弥漫在周身的霉味下面，似乎也隐藏着万千秘密。即便是在微弱的孤灯光芒中，我也留意到身边的一切都显得极度地衰老丑朽。一阵令人心生悲戚的寒意袭来，我遗憾地发现这里没有任何取暖的设施。但我熊熊燃烧的好奇心依旧热切地劝说着自己要留下来，了解这位隐士，以及他阴森住所的秘密。

"尽管如此，"我应道，"我也找不到别人帮忙了。但我真的很想找个地方待到天亮。不过，是不是因为太破落了，所以大家才不喜欢这里？当然，我猜您应该需要花上一笔钱来维护这么大的房产，如果负担太重，为什么您不去找个小一点儿的居所呢？为什么硬要守在这里——忍受这里所有的困难和不便呢？"

老人似乎没有被冒犯的意思，还非常严肃地回答了我的问题。

"如果您真的很想住下来的话，敬请自便——在我看来，您也不会给我带来什么损害。虽然其他人一直宣称，这里会给住客带来一些不良的影响，但对我来说——我待在这里是因为我必须留在这里。我感觉自己有义务守护这里的某些东西——某些和我有牵连的东西。我也希望我拥有的财富、健康和野心能一直支撑着我，让这座房子和周围的土地保持体面。"

随着好奇心不断升级，我准备相信房主的话。当他示意我可以上楼的时候，我跟着他缓缓走上楼梯。现在天已经很黑了，窗外传来的模模糊糊的啪嗒声让我意识到，倾盆大雨已经到来。有个遮蔽物就很好了，而这大屋和房主的秘密更是让我倍感兴奋。对于我这个怪诞事物的忠实拥趸来说，这避雨处堪称完美。

II

按照房屋主人的安排，我将在二楼角落的房间里度过漫漫长夜，这里比房子的其他地方稍微整洁些。他放下手中的小油灯，又点燃了一盏稍大的油灯。从这个房间的陈设和洁净程度，以及墙架上整齐排列的书本，我更加坚信之前的判断：这的确是一名有品位、有教养的绅士。毫无疑问，他是个性格古怪的隐士，但也拥有坚定道德操守和知识趣味。他挥手示意我就座，我开始漫无目的地闲谈起来；万幸他并非一个沉默寡言的人。相反，他倒是很高兴能遇上一个可以说话的人，甚至在谈论个人隐私问题的时候，也丝毫没有回避的意思。

就我了解，他名叫安东尼·德·鲁西，来自路易斯安那州一个历史悠久、声名煊赫、温良敦谦的种植园家族。一个多世纪前，他的祖父，也是家中的幼子，移民到密苏里州南部，沿袭着祖上阔绰大方的家风，在本地建立了一座石柱林立、崭新的庄园，又在庄园四周搭建了全副配套设施。庄园后方的大片土地如今已经被流水侵蚀；但在当时，那片土地上的木屋可容纳足足两百个黑奴。夜半时分，黑奴们会奏响班卓琴作乐，笑声和歌声此起彼伏，足以让人领略文化和社会秩序的迷人魅力；不过事到如今，这幅场景早就一去不返。在宅屋前方，护院的橡树、柳树林立，肥水灌溉、修剪熨帖的草坪仿佛绿色的地毯，花卉镶边的小径出没其间。在那个时代，这个被称为"河畔"的庄园曾是一个田园般的家园所在，房屋的主人还能追忆起许多美好年代遗留至今的痕迹。

雨声嘈急，浓密的水帘捶打着破败的屋顶、墙壁和窗户，雨滴透过数以千计的石痕和裂缝飘进屋中。湿气从不知名的角落渗透进来，在地板上汇成涓滴；愈演愈烈的寒风摇晃着屋外溃烂腐朽、铰链松动的百叶窗。但我对此毫不在意，甚至没想过停在树下的敞篷车，因为，我看到一个故事愈发地清晰起来。被勾起回忆的房屋主人谈兴愈浓，并没有带我参观入睡的地方；相反，他开始追忆起那些更美好，也更古老的岁月来。我意识到，我也许很快就能从只言片语中了解到，为什么他甘愿独居在这座古老的庄园里，为什么他的邻居会厌恶这个地方。他的声音非常美妙，故事也开始有了转折。我赶忙竖起耳朵，睡意全无。

"没错——'河畔'庄园建于 1816 年；1828 年，我的父亲出生在这里。他要是活到现在，就有一百多岁了，不过他去世的时候，年纪尚轻——非常年轻，我现在只能勉强想起他的样子。那是 1864 年——他死在了内战中。他隶属于美国南部邦联盟路易斯安那州第七步兵师，因为他是在家乡入伍的。我的祖父因为年纪太大，无法参战，他帮助我母亲抚养我长大，直到 95 岁寿终正寝。他们把我照料得非常好——我很感激他们。我们家族有着很强的传统观念——对荣誉感的执念——祖父决定按照从十字军时期代代流传下来的家族传统抚养我，将我培养成德·鲁西家合格的后裔。内战结束后，我们并没有破产，还设法过上了舒适的生活。我在路易斯安那州一所不错的学校就读，后来又去了普林斯顿。再后来，我为种植园找到一条致富之路——不过，你也看到了，它还是变成了这般模样。

　　"母亲在我 20 岁的时候去世了，两年之后，祖父也撒手人寰。在这之后，我一直形单影只。1885 年的时候，我和一位住在新奥尔良的远房表妹结了婚，不过，要是她还活着，情况可能就大不一样了。她在我儿子丹尼斯出生的时候故去了，丹尼斯就是我唯一的依靠。我没有再娶，而是把时间都投在了儿子身上。他很像我——也像所有德·鲁西家族的人——皮肤浅黑，既瘦又高，古灵精怪。我按照祖父教育我的方法养大了他，但在荣誉问题上他倒是不需要多加指导。我认为，这是他与生俱来的。我从未见过如此生龙活虎、精神饱满的孩子——他 11 岁的时候硬要去参加西班牙战争，多亏我拼死拼活拦住了他。这个一身浪漫主义的小东西，好高骛远——你可以说他像个维多利亚时代的人——我没费什么唇舌就教会他，千万别和黑人女仆混在一起。等他大一些，我把他送到了我的母校，也送他去了普林斯顿。他是 1909 年入学的。

"最终他决定当个医生，还去哈佛医学院上了一年学。然后，他想起了家族古老的法兰西传统，要求我将他送到索邦神学院①深造。我同意了，也满心骄傲。但我也明白，等他远走高飞之后，我又要孤独度日了。上帝啊，我真希望当时没那么做。我觉得即便是到了巴黎，他也肯定会是那种最安分的孩子。他在靠近'拉丁区②'的学校附近的圣雅克街租了个房间——不过根据他的信件和他朋友的说法，他却成了流连社交场合的常客，广交好友。他认识的大多都是同乡的年轻人——一些正经的学生和艺术家，他们更专注于自己的工作，而不是靠大放厥词、行为出格来博人眼球。

"不过他的至交好友中，也不乏有人游走于正经治学和不务正业的分界线上。所谓的审美家——你知道，其实就是颓废派艺术家，波德莱尔③那类的毛头小子——生活与感官上的实验者。很自然，丹尼斯也遇到了不少这样的人，也深入地了解过他们的生活。他们组成了各

---

①索邦神学院（Sorbonne），法国巴黎大学的旧称，1253年罗伯特·德·索邦创建第一所学院，故名。早期以神学研究享誉。
②拉丁区处于巴黎五区和六区之间，是巴黎著名的学府区。拉丁区这个名字来源于中世纪这里以拉丁语作为教学语言。它的中心位于索邦大学。
③夏尔·皮埃尔·波德莱尔（Charles Pierre Baudelaire，1821—1867），法国19世纪最著名的现代派诗人，象征派诗歌先驱，代表作有《恶之花》。

种疯狂的小圈子，甚至是邪教——模仿恶魔崇拜或黑弥撒，诸如此类。他们中的大多数可能会在一两年内将这段荒唐的历史忘得一干二净，所以我猜这些事情大抵没给他们带来多大损害。他在学校认识的朋友中，有一位对这些怪力乱神之事最为沉迷——而且，我还认识他的父亲。新奥尔良的弗兰克·马什。他是拉夫卡迪奥·赫恩[①]、高更和梵高的信徒，也是所谓"黄色九十年代[②]"的标准缩影。可怜的家伙——当时，他还是个伟大艺术家的好苗子。

"丹尼斯在巴黎结交的朋友中，马什和他渊源最深。他们经常会面，一起谈论在圣克莱尔学院的岁月。丹尼尔经常在信里提到他，虽然也提起过马什积极投身的隐秘社团，但我也没有觉得有什么不妥。似乎有个牵扯到古埃及与古迦太基的神秘学团体在左派波希米亚分子中很是风行——他们愚蠢地宣称自己寻回了失落的非洲文明的隐秘真相——什么大津巴布韦，什么位于撒哈拉沙漠阿哈加尔高原上的阿特拉斯死城，还有什么关于毒蛇

---

①拉夫卡迪奥·赫恩（Lafcadio Hearn，1850—1904），即小泉八云，国际记者、作家。他的早期新闻札记着重描写了辛辛那提和新奥尔良生活中美丽、浪漫和恐怖的一面，乃是近代史上有名的日本通，现代怪谈文学的鼻祖。
②即19世纪90年代，在当时，颓废主义盛行于欧洲，在英法两国尤为突出。它略带消极色彩的名字总是引起一些负面联想，例如倒退、恶化、腐败等等。

和人类头发的胡言乱语。至少在我看来，这确实是胡言乱语。丹尼斯曾引述过马什的话，说美杜莎蛇发传说之后隐藏着令人震惊的事实——还说之后的托勒密王朝流传的伯伦妮斯①神话中也暗有所指。据说伯伦妮斯为了拯救她的哥哥——同时也是她的丈夫而献出了自己的头发，而她的头发也升上天空，成为后发座。

"我觉得，这些事情并没有对丹尼斯造成太大的困扰，直到那个夜晚，他在马什的房间参加奇怪仪式的时候，遇到了那位女祭司。他们的教众大多都是年轻人，头领却是一个年轻女人，她称自己为'坦尼特②·伊西丝③'——姑且就算她的真名吧——目前她寄生的肉身的名字，是马瑟琳娜·贝达德。她声称自己是夏莫侯爵的女儿，是个左撇子，在参与这种更加有利可图的魔法游戏之前，她是个名不见经传的艺术家，也做过模特。有人说她曾

---

①伯伦妮斯是古代昔兰尼的公主，埃及法老托勒密三世的王后。约在公元前243年的时候，托勒密三世远征叙利亚。她向神祈祷保佑丈夫平安归来，把头发剪下来奉献在女神阿芙洛狄忒的神庙。传说第二天，她的头发不见了。宫廷里的人说是被女神摄到了天上，成为后发座。
②坦尼特（Tanit），迦太基女神，迦太基主神巴力神之妻，迦太基地区崇拜的主要女神之一（另一个是命运和财富女神提喀）。她的地位相当于西亚女神阿斯塔特、希腊女神阿芙洛狄忒，或者还代表谷物女神得墨忒尔。
③伊西斯（Isis）是古埃及宗教信仰中的一位女神。她被敬奉为理想的母亲和妻子、自然和魔法的守护神。她是奴隶、罪人、手工业者和受压迫者的朋友，她也听取富人、少女、贵族和统治者的祷告。

在西印度群岛——我猜是马提尼克岛①——生活过一段时间，但她并不愿意谈论自己的过往。虽然她偶尔会展现出朴素，甚至圣洁的一面，但我觉得有社会经验的学生能轻易识破她的小花招。

"但丹尼斯可称不上有社会经验。他用了十页信纸向我描绘了他所发现的女神。如果我能意识到他的单纯，可能会采取些措施；但我没想到，他这种狗崽对主人的迷恋会如斯之深。我荒唐地认为，丹尼尔心中敏感的个人荣誉感和家族自豪感会帮他远离这类烦扰问题的纠缠。

"不过，随着时间的推移，他信中的内容让我越来越紧张了。他开始越来越频繁地提到马瑟琳娜，留给他朋友的篇幅则一减再减；他开始谈论朋友们将她介绍给自己的母亲和姐妹的时候，是多么的'粗暴和愚蠢'。他似乎对她一无所知。我深信这个女人不简单，她定是把自己的身世附上了浪漫传奇色彩，将自己粉饰成一位具有神性但遭到他人轻怠、楚楚可怜的受害者。到最后，我发现丹尼斯已经切断了和朋友的所有联系，将大部分时间花在这位勾魂摄魄的女祭司身上。在她的特别要求

---

① 马提尼克岛（Martinique），法国的海外大区，位于小安地列斯群岛的向风群岛最北部，岛上自然风光优美，有火山和海滩，盛产甘蔗、棕榈树、香蕉和菠萝等植物，曾被克里斯托弗·哥伦布（Christopher Columbus）喻为"世界上最美的国家"。

下，丹尼斯并没有向自己的老友坦承在与她持续交往的消息，所以在巴黎，没人想到要去阻止这段恋情的发展。

"我猜，她肯定以为丹尼斯特别富有——他身上萦绕着一种贵族气息，而且某个阶层的人会认为，所有贵族模样的美国人都是有钱人。不管怎样，她可能觉得这是一次难得的机会，让这个诚恳、又中自己意的年轻人成为自己的左膀右臂。当我终于准备将内心的隐虑一吐为快的时候，却发现已经太晚了。丹尼斯已经按照法律程序迎娶了她，还回信说他准备辍学，带着那个女人回到'河畔'来。他说那个女人做出了很大牺牲，不仅放弃了教派中的首脑地位，还准备在今后只以淑女的身份相夫教子——成为'河畔'庄园将来的女主人，成为德·鲁西家族的一位母亲。

"好吧，先生，我尽力接受了这个事实。我知道久经世故的欧洲人可能和我们这种老派美国佬的标准不同——但我确实对那个女人一无所知。可能她确实是个江湖骗子，但事情还能糟糕到哪里去？我盘算着，当时是为了孩子着想，我尽量把这件事想得单纯了些。很显然，只要他迎娶的新娘符合德·鲁西家族的传统，那我还能说些什么呢。给那个女人一个机会证明自己，可能她并不会给家族带来什么损害，可能根本就是我多虑了。因此，我并没有表示任何反对意见，也没有要求丹尼斯反悔。木已成舟，不管他会带个什么样的人回来，我只能做好准备，欢迎我的儿子回家。

"在我接到婚讯电报的三周后，他们回来了。我不否认，马瑟琳娜确实是个美人，我也能明白丹尼斯为何会被她迷得神魂颠倒。她确实给人一种有教养的感觉，就算到了现在，我也觉得她的血管里还是流淌着优良的血脉的。她看上去也就二十出头，身高中规中矩，身形苗条，或静或动都像雌虎一样优雅。她的肤色是一种深沉的橄榄色——就像年深日久的象牙——眼睛很大，瞳孔幽深。面容小巧而匀称，有一丝古典韵味——但她不够整洁，这稍逊于我的品位——但她的发色之黑，是我前所未见的。

"现在我能明白，她为什么能在自己的教派之中引入头发这个主题了——她的头发乌黑且浓密，就算想到这里也并不奇怪。那头发有些卷，让她看起来就像是奥博利·比亚兹莱①笔下神秘的东方公主。她的长发越过肩部，一直垂到膝盖，在光线下闪闪发亮，好像有着一种独立而邪恶的活力。当我观察或凝视她的长发时——即便

①奥博利·比亚兹莱（Aubrey Beardsley，1872—1898）是 19 世纪末最伟大的插画艺术家之一，他的画风受前拉斐尔派、印象派、古典主义、巴洛克、日本浮世绘等风格的影响，但又独具一格，具有强烈的个人风格，他以对线条的出色运用和黑白画的创造性成而闻名。

没有任何暗示——我也能直接联想到美杜莎或伯伦妮斯。

"有时候，我觉得那头发会自己移动，试图将自己编织成不同的花瓣和条股，不过也可能是我的幻觉。她会不停地梳理自己的头发，还在上面涂抹某种药剂。有一次，我脑海中闪过一个念头——一个不着边际的古怪念头——我觉得，她的头发是一团活物，需要用某种特殊的方法去饲养。虽然，这都是我的胡思乱想——但确实让我在面对她和她的头发的时候有些拘谨。

"我不得不承认，虽然我尽力了，但还是没法对她产生好感。我不知道这悲观想法的根源在哪，但事实确实如此。她身上有什么难以捉摸的东西，让我不由自主地产生和病态、死亡相关的可怖联想。她的肤色会让我想起巴比伦、亚特兰蒂斯、利莫里亚①，甚至远古时代那些被忘却的恐怖国度；与她视线的偶尔相交，会让我感到那是一双邪恶的森林动物或动物女神的眼睛，充满古远之感，绝非人类所有；她的头发——她那浓密、充满异国情调、过度生长的油亮乌发，如同一条身形庞大的

---

①利莫里亚（Lemuria）是一个传说中的文明之地，拥有高度的精神与健康文化，是最早结合了身、心、灵健康的文明，远古时沉入海中。它是和古埃及传说中位于大西洋上的亚特兰蒂斯大陆（Atlantis continent）、玛雅传说中位于太平洋上的姆大陆（Mu continent）、根达亚齐名的四大消失的大陆与文明。

黑蟒，让人不寒而栗，两股战战。她肯定注意到我不由自主间流露出的态度——虽然我竭力去掩饰着这种情绪，她也竭力掩饰着早已看穿我的事实。

"不过儿子对他的依恋有增无减。每天，他在她面前摇尾乞怜、大献殷勤，让人觉得有些病态。看上去，她也报以相同的热情，但我觉得她必须付出极大努力才能反馈丹尼斯那种热情和夸张。此外，这个女人可能察觉到我们并不像她预想的那样富有，她有些不高兴了。

"总体上来说，这不是件好事。我能感觉到，一种悲伤的暗流正在涌动。丹尼斯还困在那种狗崽一样的盲目崇拜中无法自拔，渐渐疏远了我。这种状况持续了几个月，我眼睁睁地看着我的独子离我远去；而在过去漫长的四分之一个世纪中，他是我所有思想和行动的中心。我得承认，我的内心酸涩无比——但哪个父亲不是这样呢？可是，我什么也做不了。

"在开始的几个月里，马瑟琳娜貌似是个好妻子。我的朋友们接纳了她，也没传出什么闲言碎语。不过，我倒是一直很紧张。我担心巴黎的年轻人在听闻他们的婚讯之后，会写信回乡谈论他们的关系。尽管这女人要求秘而不宣，但这个秘密并不能永远隐瞒下去——事实上，丹尼斯回乡伊始，在'河畔'庄园安顿下来之后，就已经给最亲密，也最信任的朋友写过信了。

"与此同时，我的身体状况也越来越差，不得不经常借故独自待在房间里。也就是差不多这个时候，我的脊椎神经炎开始恶化，不过，这正好成了我闭门谢客的绝佳借口。丹尼斯似乎没有感到任何不便，对我的习惯和事务也不感兴趣；但他变得这么冷漠，确实令我寒心。我开始失眠，整夜思索到底是什么地方出了问题——为何我会对我的新儿媳深感厌恶，甚至还有隐隐的恐惧。肯定不是因为她之前推崇的怪力乱神的玩意儿，毕竟她已经将过去弃之脑后了；她也不再作画了，虽然我知道她曾经对艺术浅尝辄止。

"奇怪的是，和我一样感到不安的还有那些用人们。房子周围的黑奴在她面前都会展现出一种闷闷不乐的愠怒；在几周之内，他们就都辞职不干了，只有几个和我们家族渊源深厚的仆从留了下来。留下来的人——包括老锡比乌和他的妻子萨拉、厨娘戴丽拉、锡比乌的女儿玛丽——表现得还算得体，但明显是出于职责原因，而非真的对新女主人心怀敬意。休息时间也是尽量远远避开，躲在房子的角落里。我们的白人司机——麦卡锡，只会粗声粗气地夸赞她，但并没有表现出敌意。唯一的例外，是一位上了年纪的祖鲁女人。据说她一百年前从非洲远道而来，在黑奴小屋中算是领头人，也是家族豢养的一个老仆。只要马瑟琳娜走近，老索芙妮斯巴就会摆出一副唯唯诺诺的敬畏脸孔。有一次我还看到她亲吻女主人走过的地面。黑奴是迷信的动物，我怀疑玛瑟琳娜很可能为了消除黑奴们对她的明显的厌恶情绪，向他们讲了那些怪力乱神的故事。"

III

"喏，这样的情况大概持续了半年。从 1916 年的夏天开始，事情开始发生了变化。临近六月中旬，丹尼斯收到了老友弗兰克·马什的一封信。马什在信中说，他因罹患神经衰弱，需要在乡间休养。信上的邮戳来自新奥尔良——据说，马什在精神崩溃伊始就离开了巴黎，回到家乡。这封信写得很直接，同时也礼貌地邀请我们到他家做客。当然，马什知道马瑟琳娜已经嫁了过来，也在信中亲切地问候了她。听闻旧友的遭遇，丹尼斯感到非常遗憾，立即修书回应，并邀请他来做客，我们随时扫榻相迎。

"马什果然来了——我见到他的时候吃了一惊，他和我早先见到的时候判若两人。在以前，他是个瘦小活泼的家伙，有一双蓝色的眼睛和瘦削的下巴，一副游移不定的样子；而现在的马什眼睑浮肿、鼻子毛孔粗大、留着厚厚的唇髭，一看就是被长期的酗酒掏空了身体。我猜他保持这副颓废的样子应该有一段时间了，变成了像兰波、波德莱尔或洛特雷阿蒙那样的人。不过，他仍旧十分健谈——和其他的颓废派艺术家一样，他仍旧对色彩、气氛和事物的名称异常敏感；可喜的是，他是个十分有活力的人，对生活中许多鲜为人知的模糊领域有着完整的体验。可怜的年轻人——要是他的父亲仍健在，能管管他该有多好！这个孩子原本是多么的有才华啊！

"对于马什的来访我很开心，我希望他的到来能让我家的气氛为之一变。一开始还真有些效果，就像我说的，有马什在身边绝对是件令人高兴的事儿。他是我见过的最真诚、最深刻的艺术家，我坚信除了对美的领悟和表达之外，他对世间的一切都可以毫不关心。当他看到，或者创造出一个精美的存在时，他的眼睛会不断扩大，直到虹膜几乎凸出眼眶——在他虚弱、苍白的脸庞上形成两个神秘的黑孔；而这两个黑孔就通向某个我们无法企及的神奇世界。

"不过当他到达的时候，却没有太多时间在我们面前展示这些怪奇的行状；按照他告诉丹尼斯的说法，他已经非常疲劳了。之前，他似乎已经在某些奇诡的艺术方面颇有建树——就像是富赛利①、戈雅②、斯密③或者克拉克·阿什顿·史密斯④一样——但却在突然之间感到兴味索然，憾然离场了。他无法在这个充斥着寻常事物的世界中寻找到美——对他而言，只有当'美'足够强大和刺激，才能唤醒他的创作欲望。他之前也曾陷入类似的困境——所有的颓废派艺术家都会遇到类似的情况——但这一次，他再也无法探寻到任何新奇、夸张的感觉或体验为自己提供必要的幻想。那些新鲜的美感和刺激性的冒险期盼已经离自己远去。他就像是迪尔塔勒或者德·泽森特，遭遇了命运轨道的瓶颈。

"马什来访的时候，马瑟琳娜并不在家。她对于马

①亨利·富塞利（Henry Fuseli，1741—1825）瑞士出生的英国画家。作品有异国情调、独创性和色情味道。他曾在罗马学习绘画，研究米开朗琪罗和古典艺术，这对其作品风格有重要影响，他有在作品中营造出恐怖气氛的怪诞倾向。

②弗朗西斯科·何塞·德·戈雅－卢西恩特斯（Francisco José de Goya y Lucientes，1746—1828），出生于西班牙萨拉戈萨，西班牙浪漫主义画派画家。画风奇异多变，对后世的现实主义画派、浪漫主义画派和印象派都有很大的影响，是一位承前启后的过渡性人物。

③西德尼·赫伯特·斯密(Sidney Sime，1867？ 1865？—1941)是"插画黄金年代"时期的画家之一，他最出名的是他那细节繁复、古朴单一的画风和幻想画作及讽刺漫画。

④克拉克·阿什顿·史密斯（Clark Ashton Smith，1893—1961），洛夫克拉夫特的朋友，也是非常出名的小说家与画家。尤以幻想风格的插画见长。

什的到访并不怎么热心；当时，一些住在圣洛伊斯的好友也希望见到她和丹尼斯，马瑟琳娜倒是欣然接受了邀请。当然，丹尼斯需要留在家里招待客人，马瑟琳娜独自去赴了约。这是他们第一次分开行动，我衷心希望这次分离能让我的儿子头脑稍微冷静下来，清醒一点儿。马瑟琳娜倒是不急于回程，在我看来，她可能在尽力拖延归家的日期。丹尼斯的表现要比一个溺爱妻子的丈夫更好一些，在和马什聊起过去的日子、并为这'审美家'加油打气的时候，他变得更像过去的自己了。

"倒是马什似乎更急于见到那个女人；可能他觉得马瑟琳娜那种诡魅的美感，或者她昔日统领的魔法教派所宣扬的神秘主义理论能帮助唤醒他对于世间万物的兴趣，重返艺术创作生涯。就我以往对马什的了解，他不会有什么龌龊的打算。除却各种各样的缺点，这孩子算得上是绅士——当我第一次听说他之所以愿意前来，是因为他乐意接受丹尼斯的款待时，我的确有种如释重负的感觉——毕竟他没有理由不这么做。

"不过，当马瑟琳娜回来之后，我能清楚地看出，马什受到了极大的影响。他并没有试图迫使马瑟琳娜谈论她那早就弃置脑后的神秘学理论，但他凝望马瑟琳娜房间内一举一动的时候，那种强烈的狂热是掩饰不住的——就和我们第一次见面时那样，他的眼睛再次反常地睁大了。不过，对于马什长时间的凝视，马瑟琳娜似乎有些心神不安——不过这仅限于开始的几天，时间一长，这种感觉也就慢慢消失了；他们两人的关系也缓和起来，开始热络交谈，话题不断。不过我仍察觉到，马什会在自认为没人注意的情况下长久地观察马瑟琳娜；而我也在想，这个女人身上的神秘风度唤醒作为艺术家的马什，究竟需要多长时间。

"这事情发展的方向令丹尼斯非常恼怒。他明白，虽然作为客人，马什品行优良，但同为神秘主义者拥趸和审美家的马瑟琳娜和马什自然而然有着更多的谈资和共鸣；而在这方面，丹尼斯所知甚少，难以置喙。他没有埋怨任何人，只是觉得自己的想象力太贫瘠、太传统，不能加入马瑟琳娜和马什的对话中。这样一来，我就有了更多的时间能看见儿子了。妻子和别人聊得火热，丹尼斯终于想起自己还有一个老父亲——有个准备帮助他走出迷茫和困惑的父亲。

"我们两个常常坐在阳台上，看着马什和马瑟琳娜坐在马背上，沿着车道上下逡巡，或者在以前位于宅屋南侧的庭院里打网球。大部分时间他们用法语交谈——马什有不到四分之一的法国血统，但他的法语还是比我和丹尼斯流利得多。马瑟琳娜的英语也不错——不会有什么语法错误，口音也在逐渐进步——但能够重新使用母语交谈，还是令她喜出望外。看着这更加天造地设的一对，我能觉察出儿子脸颊和喉咙的肌肉在慢慢收紧——虽然在面对马什的时候，他还是那个无可挑剔的主人；在马瑟琳娜面前，依旧是那个无微不至的丈夫。

"这类事情通常发生在下午。马瑟琳娜起得很晚，在床上吃早餐，花大量时间穿着打扮之后才会下楼。我从来不知道会有人在化妆、焗发上花费这么多时间。也只有在这段时间，丹尼斯和马什才能正常地会面，坦诚相见地维持他们的友谊——虽然妒意已经让两人剑拔弩张了。

"不过，一次阳台上的晨间对话中，马什的一个提议把事情摆到了台面上。那天我本来因神经炎发作躺在床上，最终还是起了身，坐到前厅靠近长窗户的沙发上。丹尼斯和马什就在窗外，所以我一字不漏地听到了他们的交谈。一开始，他们在谈论艺术，以及刺激艺术家创作出真正艺术作品的古怪无常的环境因素。这时，马什毫无征兆地将话题转到了个人请求上——我觉得他在谈话伊始就打好腹稿了。

"'我觉得，'他说，'虽然一些场景和事物中的某些特质能让特定的人群获得美学上的刺激，但原因恐怕谁也说不清。当然，基本上，每个人都会有相异的敏感和反应，人们对美的感知肯定要与个人所蓄藏的精神联系的背景有些关系。对我们这些颓废派艺术家来说，世间的寻常万物早已不具备诱发情感和想象方面的意义，只是我们对于同一个非凡之物会产生不同的反应。就拿我来说吧……'

"他停顿了一下，继续说道，

"'丹尼，我知道，正因为你有一个纯洁得不可思议的头脑——你天真、优秀、坦率、客观，你的优点不胜枚举——我才能对你坦诚相告，你并不像世上那些过分敏感、破落的庸人那般曲解我的意思。'

"他又停顿了一下。

"'实际上，我想我已经找到让想象力再次复苏的方法了。其实，早在巴黎的时候我就有了一个模糊的想法，不过现在我已经非常笃定——就是马瑟琳娜，我的老朋友——她的脸庞，她的头发，以及它们能带来的一连串的幽暗想象。那是一种不可见的美——上帝作证，世界上可见的庸俗之美简直俯拾皆是——但那是一种更加罕见、更加独立的美，一种无法被确切解释的美。你知道吗，在最近的几天里，我越发感觉到一种刺激，它如此的强烈，以至于我觉得能促使我超越以往的自己——只要我能在她的脸庞和头发的刺激下搅动、编织我的想象力，我就能创作出真正的杰作。马瑟琳娜所展现出的那种朦胧而古老的气质，有一种奇异的甚至不属于这个世界的美感。我不知道她对你说了多少关于自己的事，但我敢肯定，这个女人是个谜，还有很多东西瞒着你。她以某种非凡的方法联系到了外……'

"可能是看到丹尼斯表情的变化，马什停了下来。对话再次开始前，两人沉默许久。我倒是吃了一惊，因为压根儿没有预想到事情会发展成这样；我也在好奇，儿子对刚才马什的话作何感想。我的心脏剧烈跳动起来，我竖起耳朵，开始明目张胆地窃听起来。然后，马什再次开口了。

"'当然，我能看出来，你嫉妒了——我也知道我刚刚的一番话听起来意味着什么——但我发誓，你根本没有必要嫉妒。'

"丹尼斯没做出任何回应。马什继续说道，

"'说实话，我永远不会爱上马瑟琳娜——无论她有多热忱，我们也不可能发展成密友。该死，我也不知道为什么前几天会整天和她泡在一起，像个登徒子。'

"'事情其实很简单，我认为她用了某种方法催眠了我——这种感觉很特别，很奇妙，甚至让我感到隐隐的恐惧——就好像她在其他方面用更普通的方式催眠了你一样。我在她身上看到了一些东西——从心理学角度，更准确地说，我透过她，甚至越过她看到了一些东西——一些你没见到过的东西。它们从被人们早已遗忘的深渊中升起，形状千姿百态。但当我想要画下这些奇妙物体之万一，或试图清晰地想象出它们的瑰奇形状时，它们就在一瞬间破灭不见了。别误会我，丹尼，你的妻子是个非凡的角色，是宇宙力量华丽的焦点，如果这世界上有什么能被冠以神圣之名的造物，那么绝对非她莫属！'

"这时我开始看清了形势，因为马什在陈述时抽象古怪的话语，加上他此时对马瑟琳娜的衷心称赞，缓和、安抚了丹尼斯这样心气极高的人。马什自己显然也注意到了变化，因为当他再度开口时，他的话语变得更有信心了。

"'我得把她画下来，丹尼——我得把她的头发画下来——你绝不会后悔的。那头发蕴含着超凡的特质——不光美丽——'

"他停了下来，此时我想知道丹尼斯在想些什么。事实上，我也想知道自己到底在想些什么。马什的兴趣真的只限于艺术吗，或者他和过去的丹尼斯一样，迷恋上了马瑟琳娜？我想起在他们上学的时候，他也曾嫉妒过我的儿子；而我模模糊糊地感觉，现在可能也是这种情况。另外，当他们谈到艺术刺激时，语气是一种难以置信的真实；因此越是思索，我越倾向于相信这些话。丹尼斯似乎也是认真的，虽然我听不清楚他低声回应的话语，但结果表明，他的回答应该也是肯定的。

"我听到了有人拍打对方背脊的声音，接着我听到了马什饱含感激的话语——那听起来就像是那个我遥远记忆中的马什。

"'太棒了，丹尼；就像我刚刚说过的，你绝不会后悔。从某种意义上来说，我已经帮你做好一半了。当你看到它的时候，你会为之一变。我会将带你回到过去——叫醒你，甚至拯救你——但你现在还不会明白我话中的深意。你只需要牢记我们过去的友谊，别以为我变了，我还是过去的那个我。'

"我困惑地站起身来，看着他们两个人手挽着手漫步过草坪，一起吸着烟。究竟马什那措辞怪异、隐隐带着不祥预兆的安慰意味着什么呢？真是一波未平，一波又起，这件事无论从何处着眼，我都感觉很糟糕。

"不过，对所有后续事件来说，这只是个开始。丹尼斯腾空了一个有天窗的阁楼，马什则把各式各样的画具搬了进去。大家似乎对这场新的冒险兴致勃勃，至少那种阴郁的气氛被一扫而空，我也乐得省心。很快，马什开始按部就班地搞起创作来，我们也表现得如临大敌一般——对马什来说，这是他艺术生涯上的大转机。丹尼和我在房间中走动的时候，都会尽量压低声音，就好像什么神圣的事情正在发生一般——毕竟对马什来说，这确实是件神圣的事。

"但是，我也立刻注意到，对马瑟琳娜来说，情况就大不相同了。不论马什对于艺术创作的态度究竟如何，她的态度非常明显。只要有可能，她便会一如既往地对那个艺术家流露出直白的迷恋之情，并将丹尼斯的狂热崇拜弃如敝屣。奇怪的是，这种差异看在我眼里，要比在丹尼斯眼里鲜明得多。我绞尽脑汁，努力让儿子在窗户纸被捅破前能心里好过一些。为了让情况持续好转，我必须降低丹尼斯的热情。

"最后，我决定让丹尼斯暂时离开家，避开这些令人不快的情景。事已至此，我觉得自己必须插手维护丹尼斯的利益了。马什迟早会完成那幅画，然后离开这里。我相信马什也有着自己的荣誉感，因此我不觉得事情会变得更糟。等这个小插曲过去了，马瑟琳娜彻底忘却这段新的迷恋后，就会重新重视丹尼斯了。

"因此，我给远在纽约替我打理财务和买卖的经纪人写了一封长信，让他胡编了一个理由让丹尼斯前往，未定归期。我让经纪人写信说，目前他手头上的事务急需我们家族成员前往东部；鉴于我缠绵病榻，只能由丹尼斯代劳。按照我的计划，等到他去了纽约就会接手许多看似真实的事务。这样一来，我想要他忙多久就忙多久。

"计划进行得相当顺利，丹尼斯不疑有他，当即动身前往纽约。马瑟琳娜和马什坐车将他送到吉拉多角，将他送上下午开往圣路易斯的火车。他们黄昏时刻回到大屋。麦卡锡将车开进马厩的时候，我正坐在靠近客厅长窗户的椅子上——也就是我上次偶然偷听到马什与丹尼斯谈话时所坐的位置上——听到他们在走廊上交谈。这一次我准备偷听他们的谈话，就轻轻地走到了前厅，躺在了靠近窗户的沙发上。

"一开始我什么都听不清，很快，窗外传来一阵拖动椅子的声音，然后又是一阵短暂而急速的呼吸声，以及马瑟琳娜发出的像受伤一般口齿不清的惊叫声。最后，我听见马什用一种紧张甚至正式的语气说道：

"'如果你还不太累，我很愿意在今晚继续工作。'

"马瑟琳娜开口时，还是用刚才那副受伤般的含混语气，她说的是英语。

"'哦，弗兰克，除了那幅画，你眼里就看不到别的吗？永远都是在工作！我们就不能在这美丽的月光下坐一会儿吗？'

　　"马什不耐烦地做出了回应，在艺术家的狂热情绪中，显露出一丝轻蔑。

　　"'月光！我的天，你不觉得你的多愁善感太廉价了吗！像你这样久经世故的老油条，却始终在这种粗鄙、低级的噱头周围打转，始终逃不出廉价小说的范畴！真正的艺术触手可及，而你所能想到的最美的东西却是月亮——廉价得就像综艺表演中的聚光灯！或许那东西让你想起了人们于五朔节在奥特伊巨石柱周围跳舞的情形，那些蠢汉是如何睁大双眼地瞪着你！但并不是这样——我猜你已经早就把这些抛到脑后了吧。德·鲁西夫人再也不会举行阿特拉斯魔法与蛇发仪式了！原来只有我还记得这些古老的存在——那些从坦尼特神殿里流传下来，在津巴布韦堡垒中不断回响的东西。但我不会被那些记忆所欺骗——所有的一切都已经编织进我画布上的意象中——那东西将会俘获奇迹，将七万五千年来的秘密结晶……'

　　"马瑟琳娜突然打断了他，声音混杂着多种复杂的情绪。

"'现在多愁善感的是你了！你知道那些古老的东西是不能触碰的。如果我咏唱起那些古老的仪式，或者唤起那些隐伏在犹格斯、津巴布韦和拉莱耶的东西，你们全都得走着瞧！我觉得你最好还是理智点儿吧！'

"'你的脑子里毫无逻辑可言。你想让我对你的宝贝画作感兴趣，可你却从不让我看你在画些什么。你总是在画上盖着那块黑布！那是我的画，画的是我——就算让我看了也没什么了不起……'

"这次是马什被打断了。他的声音冷峻而扭曲。

"'不行。现在还不是时候。能允许你看的时候，你自然就会看到了。你说我画的人物是你——我不否认，但又不仅仅是你。如果你知道了，你就会变得更有耐心了。可怜的丹尼斯！我的上帝，真是耻辱！'

"在他们的对话接近高潮的时候，我的喉咙突然有些发干。马什的话究竟是什么意思？突然间，我看到他终止了对话，一个人走进宅子。我听到前门砰地关闭，他一步步走上楼梯。在窗外的阳台上，我还能听到马瑟琳娜气急败坏的粗重呼吸声。我觉得有些恶心，便悄悄离开了。我意识到，在安全召回丹尼斯之前，有些事情必须查清楚。

"从那一晚开始，宅子里的气氛似乎更加恶化了。

马瑟琳娜在马什面前摆出了一副摇尾乞怜、阿谀奉承的嘴脸，虽然对她的性格来说，马什那几句直言不讳的话已经近乎冒犯。房子里没人敢围在她身边，可怜的丹尼斯不在，其他人已经被她的污言秽语骂了个遍。等她发现房子里已经没人愿意和她吵架的时候，就会去老索芙妮斯巴的小屋，找那个祖鲁老女人打发时间。老索芙是唯一一个愿意奉承她、讨好她的人，当我试图再次偷听她们对话的时候，发现马瑟琳娜在低声念叨着什么'古老的秘密'与'秘境卡达斯'，而那个黑鬼则前前后后地晃着座椅，不时发出口齿不清的声音，以示敬畏和钦佩。

"但她还是改不了对马什忠犬般的迷恋。她常常拖着一副苦涩、阴沉的嘴脸和马什交谈，但却越来越不敢忤逆马什的意愿。对马瑟琳娜的服从态度，马什甘之如饴，在他画画的时候，能随意要求马瑟琳娜摆出想要的姿势来。他努力地想对马瑟琳娜的配合表现出感激的姿态，但在他那小心翼翼的礼貌中，我嗅到一丝别的情绪——那是一种轻蔑，甚至嫌恶。而我则直言不讳，我恨那个女人！我根本不屑于将自己的态度描述成'讨厌'之类较为温和的字眼。当然，我很庆幸丹尼斯已经走了。他的来信不像我想象的那样频繁，但字里行间流露出了一丝丝的紧张和担忧。

"八月中旬已经过去了，我也从马什的言语中推断出，那幅肖像画完工在即。他的态度似乎变得越来越刻薄，不过马瑟琳娜的脾气倒是稍微改善了一点儿。想到自己即将看见那幅肖像画，她的虚荣心似乎又膨胀了一些。我依然记得那一天，马什宣布说自己的画会在一周之内完工。可以看出，马瑟琳娜明显地开心起来，但却依旧恶毒地瞟了我一眼。她盘绕的卷发似乎也箍紧了她的头颅。

"'我要第一个看到那幅画！'她突然喊道。然后，她对马什浅浅一笑，说，'如果我不喜欢它，就把它撕成碎片！'

"当马什回话的时候，脸上露出了我从未见过的古怪表情。

"我不能担保你会喜欢它，马瑟琳娜，但我发誓，这是一幅辉煌的巨作！不是我自夸——艺术就是艺术——而这幅画马上就要完成了。你们等着吧！'

"在接下来的几天，一种不好的预感在我心里盘桓不去。我觉得这幅画的完成并非意味着解脱，反而是某种灾难的前兆。丹尼斯也没有写信给我，我在纽约的经纪人说他打算去乡下旅游。我开始怀疑这件事情最终的走向究竟为何。这么多怪诞的元素——马什和马瑟琳娜，丹尼斯和我——究竟能催生出什么样的怪物！这些最终的结果又会产生怎样的相互作用？当恐惧到达极点时，我试图把这一切归因于自己疾病带来的臆想，但我无法用这个解释说服自己。"

IV

"唔，在八月二十六日星期二，事件终于爆发了。我像往常一样，按时起床吃早餐，但因脊椎疼痛，胃口并不是很好。就在那段时间，我的脊椎让我吃尽了苦头，实在疼痛难忍之际，就不得不服食鸦片来镇痛。除了仆人，楼下并没有其他人，我能听见马瑟琳娜在自己的房中走来走去。马什睡在工作室旁的阁楼上，他每天都工作到深夜，一直到中午才肯起床。大概十点钟的时候，疼痛再次来袭，苦不堪言的我只好服下双倍剂量的鸦片，斜倚在前厅的沙发上。在我睡过去之前，还能听见马瑟琳娜在我头顶上走来走去。可怜的女人——要是我能预见到她的下场就好了！她肯定在那面全身镜前顾影自怜，沉浸于自己的姿色无法自拔。她就是这个样子。从头到尾，都是虚荣心害了她——为自己的美丽得意扬扬，就像每次丹尼斯送她小奢侈品的时候，那副趾高气扬的丑态一样。

"我醒来的时候，太阳都快下山了。夕阳的金色余晖透过长窗，投下狭长的阴影；我立刻意识到自己确实睡了很久。前厅空无一人，似乎有一种反常的寂静笼罩着一切。不过，我仿佛听见远处传来一阵模糊、失控的号叫，断断续续的。那声音隐约有些熟悉，让我觉得有些迷惑。对于灵媒、预感一说，我一向不屑，但也不免心怀惴惴。其实我刚刚做了梦——甚至比我几星期前做的梦还要糟糕——这次我梦见了一些溃烂的黑色现实，异常可怖。整个房间内弥漫着一种恶意的气息。随后，我觉得刚才听到的号叫声定是在我服药昏睡的那段时间里渗进我毫无知觉的大脑的。不过，脊椎的疼痛确实是大大地缓解了；我毫无挂碍地起身，开始走动。

"不过很快，我发现情况确实不对劲。在这个时间，就算马什和马瑟琳娜在屋外骑马，也总该有仆人在厨房准备晚餐才是。实际情况正相反，除了刚刚在恍惚中听到的号叫声，屋内一片寂静；我拉动了老式的绳铃，想要召唤锡比乌，也没有人回应。我偶然抬起头，看到了天花板上有一片仍在扩散的污渍——一块亮红色的污渍，应该是从马瑟琳娜房间的地板上渗出来的。

"电光石火之间，我完全忘记了背部的疼痛，心急火燎地跑上楼，心中却在盘算着最糟糕的情况。我挣扎着想要推开因受潮而变形的房门；世间万物从我的脑海里一掠而过，最终盘踞下来的却是那个最令人毛骨悚然的、被我不幸言中的结果。我忽然想到，其实我一直都知道，一种不可名状的恐惧在缓慢聚集，某种深邃、广袤的邪恶在我的家里扎根、滋生，而它所能带来的唯一后果就是血腥与悲剧。

"最终，我撞开了门，跌跌撞撞地闯进楼上宽大的卧室中。在窗外参天巨树的笼罩下，室内晦暗无光。一时间，一种朦胧且邪恶的气味涌入我的鼻腔；我像僵化在地板上一样，在这气息中瑟瑟发抖。我回手打开了电灯，开始向四下扫视，随后，在黄蓝相间的地毯上，看到了那无可名状的、渎神般的惨相。

"那东西面朝下，倒在一汪暗红、黏稠的血泊中，赤裸的背上满是踩过血污的脚印。墙上、家具上、地板上——血浆喷溅得到处都是。面对此情此景，我的双膝开始不断发抖，极难维持站立的姿势，只能跌跌撞撞地走向座椅，顺势瘫倒下来。地上的那个东西生前肯定是个人类。不过因为它全身赤裸，头发又被人从头皮上粗鲁地剥扯下来，一开始我没能辨认出它的身份。不过，我又注意到了它深沉的象牙色肌肤，断定这具尸体必是马瑟琳娜无疑。而她背上的鞋印让整个事件变得更加凶残可憎起来。我想象不出在我睡在下方前厅的这段时间里，这里到底发生了怎样古怪又令人生厌的悲剧。我抬手，想擦一擦额头上的冷汗，却看见自己的手指上满是黏稠的血液。我打了个寒战，意识到这定是从门把手上沾下来的。那个不知名的凶手在离开房间后，肯定顺手把门关上了。房间内并没有什么可用作凶器的道具，他应该是把凶器带走了。

"就在我研究地板上的痕迹的时候，我看到一串脚印通向门口，和尸体背上的脚印非常形似。除此之外，地上还有一条血迹，但从形状上来看，似乎很难解释成因：那是一条稍显宽阔、连续不断的血迹，就像有一条身蘸血浆的大蛇游过一般。最初，我将其认定为凶手离开现场时留下的拖痕。不过接着，我又注意到，有些脚印似乎踏在了血迹上；因此我不得不相信，这条血痕在凶手离开之前就已经存在了。或许有某种会爬动的东西与受害者和杀手在同一个房间里，并且在凶手杀人之后抢先一步离开了房间——可那会是什么呢？当我暗自思忖的时候，觉得那个模糊、遥远的号叫声又响了起来。

"最后，我从惊骇的噩梦中清醒，站起身沿着脚印追踪起凶手来。我完全猜不到凶手的身份，也解释不了宅子里仆人们的去向。我隐隐约约地觉得，应该到马什的阁楼上看一看。他会是凶手吗？他会不会是在那种病态的压力困扰下发了疯，从而干出了杀人的勾当？

"脚印在阁楼的回廊上变得越发疏浅，几乎和暗色的地毯混为一体，几近中断。不过，我依旧能辨认出那个先离开房间的东西所留下的奇怪痕迹；而这条痕迹径直延伸到马什工作室那扇紧闭的大门，并且从门下方的正当中穿了过去，消失了。显然，它过来的时候，房门正敞开着，它也就顺势钻进了房间。

"我忍住恶心，拧了拧门把手，发现房间并没有上锁。我推开门，想在熹微的北窗光芒下，看看久候于此的梦魇到底姓甚名谁。面前的地板上有一个人，我摸索着吊灯的开关，想一探究竟。

"灯光亮起的时候，我看清了地板上的人影，和那幅恐怖的景象——那确实是马什，可怜的家伙——我还看到还有个东西正匍匐在通往马什卧室的敞开房门前，凝视着房内。那东西乱蓬蓬的，眼神凶恶，身上裹着已经干掉的血液，手里拿着一把邪恶的砍刀。我记得，那原本是工作室墙上的装饰品。然而，就在这个糟糕的瞬间，我认出了它——而它本来应该在一千英里之外的地方才对。那是我的儿子丹尼斯——或者说，那个疯狂暴怒的家伙曾经是丹尼斯。

"可能是看到了我惊愕的眼神，我那可怜的儿子似乎恢复了些神智——至少恢复了一些记忆。他站起身来，开始摇晃脑袋，就好像要挣脱包裹在全身上下的某种束缚一样。我说不出话来，但蠕动着嘴唇，想要发出些声音。我又瞥了一眼地板上的尸体——那尸体躺在一面盖着厚布的画架前，身上似乎缠着一卷黑色、仿佛绳子般的东西。那条奇怪的血迹就一直延伸到了它的面前。很明显，我移动的视线似乎对儿子混乱的大脑产生了影响，他突然用嘶哑的声音语无伦次起来。我很快便弄明白了他的意思。

"'我必须除掉她——她是个恶魔——是最高阶层的女祭司，所有魔鬼都听命于她——是地狱之卵——马什看透了她，还试图警告我。我的老伙计弗兰克——我没有杀他，但我已经做好了杀他的准备。不过我下了楼杀了那个女人——然后，她那些受了诅咒的头发——'

"我心惊胆战地听着。丹尼斯似乎被自己的话噎住了，他停了下来，又继续说道。

"'你不知道——在信里，她变得越来越古怪，我知道，她爱上了马什。后来，她几乎都不和我通信了。而马什则对她只字不提——我发觉情况有些不对，觉得应该回来看看究竟怎么回事。但我不能告诉你——你若是采取了行动，肯定会打草惊蛇。我必须出其不意。我是今天中午回来的——我坐着出租车回来，把房子里的仆人都打发走了——我没赶走那些地里的用人，因为他们在小木屋里听不到这里的动静。我吩咐麦卡锡去吉拉多角帮我取些东西，明天再回来。我让所有用人上了老汽车，然后让玛丽开着车把他们带到邦德村度假——我跟他们说，我们一家人要出门，暂时不需要他们的伺候。我对他们说今晚与锡比乌叔叔的堂兄待在一起。锡比乌叔叔的堂兄会把这帮用人安排在木板房里。'

"丹尼斯有些语无伦次，而我则尽力竖起耳朵，尽量不漏掉一个字。我觉得自己又听见那种失控的、遥远的号叫声，但在目前，搞清楚事情的原委才是第一要务。

"'我看到你在前厅睡着了，就准备趁着你没醒来的时候动手。然后，我蹑手蹑脚地上了楼，我想去找马什，还有……那个女人！'

"丹尼斯说着，身上微微战栗起来；我能看出来，我的孩子在极力避免齿及马瑟琳娜的名字。那远方的哭号声突然变得越发响亮起来，丹尼尔不自觉地张大了眼睛。那哭喊声中隐约的熟悉感也变得越来越强烈。

"'她不在自己的房间里，所以我走进了马什的工作室。门关着，但我能听见里边的交谈声。我没有敲门——而是直接闯了进去，看到她正为马什的画作摆着姿势。

她全身赤裸，除了那头可憎的黑发之外不着寸缕。她向马什抛着媚眼，极尽挑逗之能事。马什的画架侧对着房门，所以我看不见他画的内容。我破门而入的时候，他们两人都很震惊，马什甚至吓得连画笔都扔了。我怒不可遏，命令他给我展示他的作品，不过没过多久他就冷静下来了。他告诉我画还没有画完，仍需要一两天的时间——还说我到时候就可以随意观看——而她——目前还没看过那幅画。

"'不过我可不吃这一套。我几步欺身上前，但他抢在我之前，抽出一块天鹅绒的布帘罩在了画架上。为了阻止我，他甚至做好了和我肉搏的准备。但——她——那个女人——居然走过来，和我站到了一边，还说应该让我们看看那幅画。我试图扯掉布帘，弗兰克的情绪突然激动起来，打我了一拳。我奋力反击，好像把他给打晕了。然后，突然迸发出的一声尖叫差点儿也把我给吓昏了。是她——是那个女人。她撤掉了布帘，看到了马什所画的东西。我转过头，看见她疯了一样跑出房间——然后，我看见那幅画。'

"说到这里，疯狂的火焰再次在儿子的眼睛中燃烧起来，有那么一瞬间，我觉得他会用那把砍刀攻击我。但他停了下来，像是稳住了心神。

"'哦，上帝啊——那画里的东西！那东西不能看！应该把它和那布帘一起烧成灰扔到河里！马什早就知道——他还警告过我！他知道它——那个女人的真实身份——她是雌豹，抑或是戈尔贡①，或是拉弥亚②，或是其他的什么。自从我在巴黎的工作室见到她之后，马什就一直试图暗示我，但他不敢明说。他们在背后嚼舌根的时候，我还以为他们错怪了她——其实是她催眠了我，让我对那些显而易见的事实视而不见——但这幅画，它袒露了所有的秘密——道出了她背后的可怕之处！

"'上帝啊，但弗兰克是个真正的艺术家！从伦勃朗之后，还没有任何在世的艺术家能创作出这样的杰作！烧掉它简直就是犯罪——但让它留在世上却是更大的罪过——她也是，那个恶魔——让她继续活着，也是一种罪孽。在看到画作的一瞬间，我就意识到——意识到她——究竟是什么东西，意识到她在那些从上古流传至今的骇人秘密中究竟扮演着怎样的角色——那是从克苏鲁与旧日支配者所统治的年代流传下来的逸闻，在亚特兰蒂斯沉没之时几被忘却，但在隐秘的传统、寓言神话和午夜密教仪式中苟且偷生的秘史。因为你知道她是真实存在

①戈尔贡，希腊神话中的蛇发女妖三姐妹。
②拉弥亚，希腊神话中一头半人半蛇的怪物。

的，不能做伪。如果她不是真实存在的东西，那才真是上天眷顾呢。它是先哲们从不敢提起的古老恐怖阴影——是《死灵之书》里暗示的东西，是复活节岛巨像象征的东西。'

"'她以为我们无法识破她的真面目——她以为能凭借虚伪的外表瞒过我们，骗取我们不朽的灵魂。她成功了一半——她本可以牢牢掌控住我的。但她只是——太沉得住气了。不过弗兰克——我的老伙计弗兰克——胜过我太多。他早就搞明白那背后的东西是什么，还把它画了下来。当她看到那幅画的时候，就尖叫着逃开了——对此我一点儿也不奇怪。虽然这画还没有画完，不过感谢上帝，这已经足够了。

"'然后，我意识到我必须杀了她——杀了她，然后把所有和她相关的东西都毁了。那是一种健康的人类无法抵御的腐坏和污染。还有些别的东西——但如果你在看画之前就烧掉了它，那就永远也无法知晓了。我任由弗兰克昏倒在地，取下工作室墙上悬挂的砍刀，蹒跚着下楼，走向她的房间。我知道他当时还在呼吸，感谢上帝，我没有杀他。

"'我发现，她正在镜子前编着那该死的头发。她慌忙转身，像一只受惊的野兽，并开始向我抱怨她有多么地憎恨马什。可事实呢，她曾经爱上了他——这点我相当清楚——她推脱的嘴脸在我眼里更加令人作呕。有那么一瞬间，我下不了手，她完全催眠了我。不过我又想起了那幅画，一瞬间破解了她催眠的咒语。她从我的眼神里察觉到咒语失效了，也看到了我手里的砍刀。随后，她就如同野生丛林中暴起的野兽，摆出一副我从未见过的模样，像一只亮出利爪的雌豹一样扑了过来。但我的动作更快。我挥动砍刀，结果了她。'

"丹尼斯不得不再一次停了下来，我看到冷汗淌过斑斑的血污，顺着他的额头流了下来。可过了一会儿，他又沙哑着喉咙继续说道。

"'我说我结果了她——但是上帝啊！没想到事情才刚开始！我天真地以为自己战胜了撒旦的军团，用脚踩在了我刚屠灭的东西的脊背上。然后，我看到那些渎神的、邪恶的黑色发辫扭曲着蠕动起来。

"'我可能在那些古老的怪谈故事中听说过。杀掉它附着的生命也没有用，这该死的头发有自己的生命。我恍然大悟，必须得烧了它；我拿过砍刀，开始割头发。上帝，这头发定是魔鬼的造物！它非常坚韧——就像铁丝——但我还是设法割了下来。一大团粗发辫在我的手中扭动挣扎，真令人作呕。

"'等我割下、或者说拔下最后一把头发的时候，听见房子后方传来一声可怕的号叫——你也知道，到现在这叫声还是若有若无的。我不知道那是什么声音，但肯定和我手上这腌臢的东西有关系。我似乎知道是怎么回事，但也说不出个所以然来。刚听到这声音我就紧张了起来，惊惧之中扔掉了手中的头发；扔掉之后反而更害怕了——我刚一松手，那头发就转向了我；它的一端盘结成了奇怪的头颅，开始恶毒地攻击我。我又挥舞起了砍刀，它灵活地躲了过去。气刚喘匀，我就看到这畸形的玩意开始沿着地板爬行起来，像一条巨大的黑蛇。一时间我全然没了主意，直到它消失在门后，我才如梦初醒，跟了上去。我跟着那宽阔的、血淋淋的爬行轨迹，看到那束头发爬上了楼。它把我带到了这里——我向天发誓，我看见它进了门，像攻击我一样攻击着昏迷中的马什，状似一条发狂的响尾蛇；最后，它缠住了马什，就像一条巨蟒一般。马什渐渐清醒过来，但那毒蛇一般的玩意死死捆住了他，让他无法起身。我知道，这头发中蕴含着那女人的怨念，但我的力气不够，无法拽开它。我使出了吃奶的劲，但它的力气太大了，砍刀也派不上用场——马什就在眼前，胡乱挥刀会将他砍成碎块。因此，我只能眼睁睁地看着这怪异的卷发不断收紧——看着可

怜的弗兰克在我面前被活活勒死——从始至终，我都能听见屋后田地的某处传来若有若无的可怕号叫声。'

"'这就是全部的经过。我又用天鹅绒帘遮住了那幅画，希望再也不会有人看到它。我必须烧了它。我没法把头发从可怜的弗兰克的尸体上解下——它吸在他身上，似乎也丧失了活动的能力。那种蛇一样的头发好像对自己杀死的人有一种依恋——它牢牢地吸附在尸体上——拥抱着他。看来我必须把可怜的弗兰克一并给烧了——但看在上帝的分上，我得眼看着它烧成灰，心里才踏实。那头发，还有那幅画。都要烧掉。为了这世界的安全，必须烧掉它们。'

"丹尼斯好像又喃喃不休地说了些别的什么，但那遥远的号叫声适时地响了起来，我并没有听清楚。直到这时候，我们才刚刚意识到那哀号的究竟是什么——一阵向西的微风刮来了一些清晰的语句。我们早就该猜到了，因为这声音我们听过很多次。它的来源正是满脸皱纹的索芙妮斯巴，那个向马瑟琳娜摇尾乞怜的祖鲁老巫婆。她正在自己的木屋中恸哭哀号，为这场梦魇般悲剧的谢幕。我们俩都能听到她号叫的词句，也意识到，将这个未开化的女巫与古老秘密的隐秘传人联系起来的神秘羁绊已经彻底断裂了。这个老女人使用的某些词语也暴露了，她与恶魔般的早第三纪①传统关系匪浅。

"'咿呀！咿呀！莎布·尼古拉斯！呀－拉莱耶！尼－佳基、尼－布鲁巴瓦纳恩鲁鲁！呀，呦，可怜的坦尼特小姐，可怜的伊希斯小姐！克鲁鲁主人，从水里出来，带走你的孩子——她死了呀！她死了呦！那头发已经没了女人，克鲁鲁主人。老索芙妮都知道！老索芙妮在老非洲的大津巴布韦那里拿到了黑石头！老索芙妮在月光下的鳄鱼石头边跳舞，虱目鱼抓住了她，卖给了船上的人！坦尼特没啦！伊希斯没喽！没有女巫在大石头边点篝火！呀，呦！尼－佳基、尼－布鲁巴瓦纳鲁鲁！呀！莎布·尼古拉斯！她死了呀！老索芙妮知道！'

"老女人的恸哭还没有结束，但却吸引了我的全部注意力。儿子脸上的表情阴晴不定，好像这恸哭让他想起了什么可怕的事儿。他握紧了手上的砍刀，这可不是什么好兆头。我知道此时此刻的他很绝望，但还是飞奔过去，想在他做傻事之前抢下他手上的凶器。

"但为时已晚。一个患有脊椎病的老人在体力上并不占什么优势。我们激烈地扭打起来，没过几秒钟，丹尼斯就了断了自己的生命。我不知道他是不是也想杀我。

①即古近纪，距今 6500 万年～距今 2330 万年。

根据他的遗言，他希望我抹掉这世上和马瑟琳娜有关的所有事物——无论是和她有血缘关系的，还是有婚姻关系的。"

V

"直到今天，我都在纳闷，在当时的情况下——包括几秒钟，乃至几个小时之后，我是怎么保持清醒，没有发疯的。在我面前是我儿子——我唯一珍爱、牵挂之人的尸体；十英尺开外被布帘遮住的画架旁，儿子的好友横尸在地，身上缠绕着不可名状的恐怖卷发。而楼下的房间内，卧着那个怪物女人被剥掉头皮的尸身——只要是发生在她身上，什么样的怪事我都能相信。我头脑中一阵恍惚，不知道这个有关头发的故事到底有多可信——然而就算我此时神志清醒，也没有办法去分析故事的合理性，因为从索芙妮婆婆小屋里传来的凄凉叫声让我根本没法静下心来思考问题。

"不过，如果我足够明智，就应该听从丹尼斯死前的遗愿——无论好奇心如何作祟，都不加理会，只需要把这画和缠绕着尸体的头发烧个一干二净——但当时，心神不宁的我可远远称不上明智。我猜我可能在儿子弥留之际低声嘀咕了什么蠢话——然后我猛然意识到，夜幕已经低垂，用人们天亮时就要回来了。很明显，眼前这样的事件根本就无法解释，我必须把事情隐瞒起来，同时编出一个说得过去的故事。

"缠绕着马什尸体的头发非常诡异。我从墙上取下一把剑，捅向那束头发的时候，感觉它把尸身缠绕得更紧了。我不敢用手摸它——越看越觉得可怕。我觉得还是不去提它为妙——不过这在一定程度上说明，这头发的确需要饲喂——马瑟琳娜就曾在头发上涂抹一些怪异的油脂。

"最终，我想起库房里还存着一些没用的生石灰，决定先把这三具尸体埋到地下室。我花了一夜的时间完成了这可怕的工作。我挖了三个墓穴——尽量让儿子离另外两个人远一些——我可不希望他在去世之后仍旧受到那个女人和她头发的骚扰。不过到最后我也没能把头发从马什的身上弄下来，这让我感到歉疚。把三具尸体搬到地窖是个繁重的工作。我用毛毯将那个女人和那个可怜的家伙，还有他身上的头发，裹起来搬运到了楼下。然后，我还得去仓库搬两桶生石灰下来。我不仅顺利地将尸体搬进了墓穴，还填满了三座坟墓。上帝垂怜，必是他赐予我完成这工作的力量。

"我把一部分生石灰调成涂料，不得不找了架梯子，粉饰好前厅天花板上的血迹。我几乎烧掉了马瑟琳娜房间内的所有东西，又洗刷了墙壁、地板和笨重的家具。我也清洗了阁楼，将通往阁楼的血印擦得一干二净。在整个过程中，我耳边始终萦绕着老索芙妮的号叫声。这老妇定是被恶魔附了身，不然怎能发出如此凄厉的声音。不过，她哀号是常有的事情，大家早已见怪不怪。也正因如此，那晚在田里干活的用人并没有受惊吓，也没有起疑。我锁上工作室的门，把钥匙拿到了我自己的房间。然后在壁炉里烧掉了自己沾染着血迹的外衣。天亮的时候，房子已经收拾停当，一眼望去，根本看不出破绽。但我不敢去碰那被布帘遮盖的画架，于是决定晚些时候再处理它。

　　"第二天，仆人们都回来了。我跟他们说，家里的年轻人都去了圣路易斯。田里工作的用人似乎也没有看到或听到什么，老索芙妮也在日出之时停止了哀号。在那之后，她变成了一尊沉默的斯芬克斯，对那天只字不提。谁也不清楚她那颗沉郁的女巫脑瓜里到底在想些什么。

　　"后来，我又谎称丹尼斯、马什和马瑟琳娜返回了巴黎，还有一位生性谨慎的经纪人写信回来向我通知此事——当然，那封信是我用模仿字体伪造出来的。当好友们问起的时候，我要么信口扯谎，要么缄默不语；我也知道大家都在偷偷怀疑我，认为我有所隐瞒。谎言仍在继续；我佯装收到了马什和丹尼斯在战争中的死讯；后来，我说马瑟琳娜去了一家修道院。幸运的是，马什是个孤儿，他行为上的怪癖又导致他离群索居，和路易斯安那州的亲戚断绝了来往。如果我早早烧掉那幅画，卖掉种植园，不再勉强自己那动摇、紧张的大脑过度运转，可能心灵上的创伤早就愈合了大半。你也看到了，我的愚蠢给我带来了怎样的后果。作物的收成越来越少，工人们也相继辞职，这栋房子慢慢荒废，我也成了所谓的隐士，成了乡野怪谈的主角。天黑之后根本没有本地人愿意跑到我这来——其实不到万不得已，任何时候都不会有人来——这也正是我一眼就识别出你是外乡人的原因。

"那么，为什么我还要待在这里呢？我也说不出完整的答案。一些近乎疯狂的现实和它紧紧相联。如果我没有看那幅画，事情可能就大不相同了。我本应该听取可怜的丹尼斯的劝告。在那个恐怖的夜晚过去了一个星期后，我又去了工作室。我的确是打算烧掉那画的，不过出于好奇，我先看了一眼——那一眼改变了一切。

"不——即便我告诉你我看到了什么，也无济于事。

从某种程度上来说，虽然时间和潮气在画上留下了印记，但不久之后你大可以自己看。我觉得，如果你只是想一睹真容的话，它不会对你造成太大的影响——但对我来说就不一样了。它到底意味着什么，我再清楚不过。

"丹尼斯是对的——虽然那幅画尚未完成，但它确实是伦勃朗之后人类所描绘出的最佳杰作。开始我只看了一眼，就知道可怜的马什对自己颓废派人生哲学的评价的确非常到位。谈到贡献，马什之于绘画，就仿佛是波德莱尔之于诗歌——而马瑟琳娜就是他那柄开启内心，释放天赋的钥匙。

"当我拉下布帘的时候，眼前的景象深深地震惊了我——其实，在我一窥画作全貌之前，就已经瞠目结舌了。你知道吗，这不仅仅是一幅肖像画。虽然马什曾暗示过，'画的不只是马瑟琳娜'，但我没想到他所指的真的是字面上的意思。他所画的，正是他透过甚至越过马瑟琳娜所看到的东西。

"当然，马瑟琳娜也在画中——从某种意义上说，她是画的关键——但她的形象只是这恢宏画作的九牛一毛。画中的马瑟琳娜全身赤裸，身躯被那丑恶的网状黑发所覆盖，半坐半倚在一张看不出是长椅还是沙发床且雕绘着不同于任何已知装饰风格的图案的物件上。她的一只手捧着一樽奇形怪状的高脚杯，里面液体的颜色直到今天我都找不到合适的词来形容——真不知道这样的颜色，马什是怎么调出来的。

"人像和长椅居于画面的左侧，背景却是我此生所见过的最离奇的场景。我觉得画里有些许模糊的暗示，表明这画中的一切都源自这女人大脑中辐散出的某种思绪，可是画里也有些看似截然相反的暗示——仿佛她才是这场景所召唤出的一个邪恶形象，抑或幻象。

"我也没法告诉你，究竟这画中的场景是在室内还是室外——那些蛮石造就的可憎拱形圆顶究竟是从外部视角还是内部视角看到的；甚至那些东西究竟是雕刻的石头，还是仅仅是病态的、如同真菌一样的树质结构，我也分不清楚。整个画面的几何构成疯狂且错乱，锐角和钝角完完全全混在了一起。

"而且，上帝啊！那些梦魇般的几何形状飘浮在永恒的邪恶辉光中！褻渎神明的暗界蠢物鬼鬼祟祟地潜伏在黑暗中，目光内满含着恶意，正举行着拜魔仪式，而马瑟琳娜赫然就是它们的大祭司！那些黑色的、毛发蓬松的生物，不是山羊——这顶着鳄鱼头颅、背脊长着一排触须的三足兽——它们是扁平鼻子的伊吉泮，聚在一个埃及祭司所熟稔且诅咒的图案上狂舞！

"但这场景不是在埃及——它远比埃及更古老，甚至比亚特兰蒂斯、比虚构的姆大陆、比神话中提到的利莫里亚还要古老。它是世间所有恐怖的终极源头，这些象征主义的符号表明，马瑟琳娜正是这恐怖场景密不可分的一部分。我想，这大概就是那些年轻人不堪提及的拉莱耶，那座并非出于地球生物造就的古城——也是马什与丹尼斯过去经常在暗地里悄悄谈论的地方。在画中，整幅场景似乎出现在深深的水底——虽然画上的生物似乎都能自由地呼吸。

　　"唉——我什么也做不了，只能呆呆看着，抖如筛糠。最后，我看到画上的马瑟琳娜正用她怪异、膨胀的双眼诡诈地看着我。这并不是迷信——马什用他笔下的线条和油彩抓住了马瑟琳娜那可怕、可憎的生命力，画上的她依旧郁郁沉思、满怀愤恨、目不转睛地盯着画外，就好像此时的她就活在这画中，而不是深埋在地窖墓穴的生石灰之下。然而，最恐怖的是，几束有着赫卡特血统的蛇形长发从画布的表面抬起头来，摸索着爬进了房间，向我缓缓游了过来。

　　"随后我就意识到，这就是最终的恐怖了，而我，也成了这幅画永恒的护卫和囚徒。她必是美杜莎和戈尔贡最初的隐晦传说衍生出的邪物，将我彷徨战栗的意念尽数捕获，化为顽石。从此以后，我再也无法逃脱那些画在画布上、埋在酒桶旁石灰下，蜷曲的、如同毒蛇一般的长发。我想起有故事曾说，即便被埋葬了几个世纪，亡者的头发也是不灭不腐的；但已经太晚了。

"从那之后，我的生活就只剩下了恐惧和奴役。我一直对那酒窖中埋藏的东西隐隐后怕。不到一个月的时间内，流言蜚语就开始在用人之间传播开来，他们说在天黑后，酒桶附近会爬出一条黑色的大蛇，它的尾端还会奇怪地指向六英尺外的一个地方。最后，用人们将黑蛇出没的范围都划成了禁区，没人愿意涉足，我不得不把地窖里的东西全部移到地窖的另一端。

"随后，在田中劳作的用人又传出了另一个流言；每天午夜过后，那条黑蛇都会爬进老索芙妮斯巴的小屋。其中一个用人还给我指出了大蛇爬行的痕迹——不久之后，我发现老索芙妮经常溜到大屋的地窖中，行踪鬼祟，还在那个其他用人不愿意靠近的禁区周围流连数个小时，口中喃喃自语。上帝啊，那个老女巫死的时候，我别提有多高兴了！老实说，我觉得她在老家的时候，可能是个主持某种古老可怕的传统仪式的女祭司。她肯定活了一百五十岁了。

"入夜之后，有时候我能听到有什么东西在大屋周围滑行。楼梯上地板松动的地方，也总是发出一些奇怪响动；门闩上也出了怪事，好像被人用力抵住一般。当然，我总是锁着门。有几个早晨，我在回廊上似乎嗅到了一股霉臭味，还在地板的灰尘上发现一条模模糊糊的，像绳子拖过一般的痕迹。我知道，我必须守住画中的头发，如果它发生了什么事儿，肯定会阴魂不散地在宅子里大肆报复。我不怕死，对于那些从拉莱耶出来的东西来说，生与死不过是掌中的玩物而已。但如果我玩忽职守，肯定会有一种力量对我降下制裁和惩罚。美杜莎的卷发已经抓住了我，而且永远不会放手。年轻人，如果你还珍惜自己不朽的灵魂，就千万别把秘密与终极的恐怖混为一谈。"

VI

老人的故事讲完了，我也注意到那盏小油灯早就烧干了，稍大一点儿的油灯也见了底。我知道，天马上就要亮了；我的耳朵也告诉我，风暴已经停息了。听了这个故事，我感觉头脑有些迷糊，几乎不敢再用眼睛去瞟那扇门，生怕它被什么不可名状的力量向内抵住。很难说我最直白的感受究竟是什么——彻头彻尾的恐惧？将信将疑？还是某种病态的好奇？我说不出话来，只能等待古怪的房主打破沉默。

"你想看看——那东西吗？"

他的声音低沉而迟疑，但我能感受到此时他非常地诚恳。虽然心里五味杂陈，但很快好奇心还是占了上风，我默然地点点头。他站起身，从附近的桌子上抽出一根蜡烛点燃，高高地举起，同时推开了门。

"跟我来，上楼。"

想到即将面对那满是霉臭的走廊，我心里不免惴惴不安，但这故事的魅力压倒了恐惧。脚下的地板在呻吟，我感觉自己在楼梯附近的灰尘中看到了一条绳索一般的模糊痕迹，不禁瑟瑟发抖起来。

通往阁楼的楼梯崎岖不平，吱呀作响，还有几阶连踏板都不见了。我不得不时刻紧盯着脚下，无暇他顾——倒是正好遂了我的心意。阁楼的走廊像浓墨一般漆黑，遍布蛛网，积了大概有一英尺的灰尘，仅有一条踩出来的陈年小道通向深处左侧的房门。我注意到地上粘连着一块厚地毯残余的绒絮，这让我想起了数十年前踩在上面的脚——以及那个并没有脚的东西。

老人将我径直领到小径尽头的门口，在生锈的门把手上摸索了一会。知道那幅画已经近在咫尺，我反而恐惧起来；但事已至此，也无法后退了。随后，房子的主人将我领进了这间荒废已久的工作室。

烛光昏暗，但已足以让房间的大致特征显出轮廓了。我注意到，这个房间有低矮的斜顶、加大的天窗，墙上悬挂着各式各样的古玩和战利品——以及最重要的，地板中央那盖着布帘的画架。德·鲁西走向画架，将积满灰尘的天鹅绒帘拉向一边，示意我靠过来，别出声。遵从他的指令花了我很大的勇气——因为我看到他在烛光中掀开罩布、凝视画作的时候，眼睛毫无征兆地扩大开来，相当骇人。不过，好奇心再次征服了一切，我走到德·鲁西老人身边，然后看到了那幅该死的画。

虽然读者们在纸面上很难想象它对我产生的可怕影响——但我能告诉你们，我坚持着没有晕倒。我确实失声尖叫起来，但在回头看到老人脸上表情的时候，又乖乖闭上了嘴。如我所料，这幅疏于照料、潮气侵袭的油画显得变形扭曲、发霉腐朽、残破不堪；但我依旧能够探寻出画作中潜伏在不可名状的病态场景与反常扭曲的几何造型中的、与邪恶的宇宙外界息息相关的怪异、畸形的暗示。

眼前出现的正是老人刚刚描述过的场景：一个带有拱顶和立柱，混杂着黑弥撒、女巫拜魔仪式的地狱——

在我见过的艺术品中，几乎没有什么能和它的完美与邪恶匹敌。画布虽然腐烂不堪，却能为邪恶象征手法与病态暗示所产生的强烈恐怖感增色，因为画布上受到时间侵蚀最盛的部分，恰恰就是这画中的自然环境——抑或是作者描绘的、那宇宙之外国度的所谓的"自然环境"——中容易腐朽、溃败的部分。

而在众多恐怖意象中拔得头筹的，当然还是马瑟琳娜——当我看到这画作模特身上那肿胀、褪色的肉身的时候，不禁产生了一种古怪的联想；可能这画作仍和地窖下覆盖着石灰的尸体存在着某种隐晦而神秘的联系。或许石灰并没有毁掉那具尸体，而是将它保存了下来——但它能保存下那双饱含着恶意、正在油画上的地狱里闪闪发光的恶毒黑色眼睛吗？

另外，我不禁注意到画布上那个妖女的其他特征。德·鲁西在刚才的故事里没有提到，毕竟他和马瑟琳娜住在同一片屋檐下，见怪不怪——但这些特征可能正是丹尼斯大开杀戒的导火索。不过，马什注意到了，或者这个天才只是在不知情的情况下画下了这些特征；不过现在逝者已矣，谁也说不清了。我能确定的是，在看到这幅画之前，丹尼斯和他的父亲根本就没有注意到这些特征。

其中，最可怕的就是马瑟琳娜那头瀑布般的黑发，它遮挡着她腐朽的身体，但自身却没有一点儿腐坏的迹象。对于之前老人向我讲述的一些情形，也迅速得到了印证。这绳索一般蜷曲迂回、油渍斑斑的蛇形黑发绝不可能是凡人所有之物。那种不自然的缠绕与盘旋的方式，都昭示着它那邪恶而又独立的生命力。而向外翻卷的发端还隐约地汇聚成了爬虫类头颅一般的形状和轮廓。这些特征太过明显了，绝不可能出自我的幻觉或巧合。

这渎神般的邪物就像一块磁铁一般吸引了我。我感到无助，但却无力挣脱——现在，我终于明白那些受害者是如何在戈尔贡的凝视下化为石头了。突然间，我看见画中的东西出现了变化。画作中那些眼神狰狞的形象明显地移动起来，它们腐败的下颚下垂，厚厚的、野兽一般的双唇间探出一排排锐利的黄牙。它们恶魔般的瞳孔不断扩大，眼睛也开始外凸，几近决眦。还有马瑟琳娜的头发——那该死的头发！它开始以可见的速度扭摆起来，蛇头一般的发梢全都转向了德·鲁西，欲择人而噬。

一瞬间，所有的理智弃我而去。在回过神之前，我已经掏出了自动手枪，向那可怕的油画射出满满一匣十二发子弹。油画一瞬间被轰成了碎片，画框也从画架上栽倒下来，重重砸在积满灰尘的地板上。虽然这个麻烦解决了，但另一个麻烦出现在我的面前——正是德·鲁西，他看到油画被毁，爆发出一阵疯狂的尖叫——似乎比那油画本身还要骇人。

"上帝啊！你干了什么！"那个疯狂的老头口齿不清地尖叫着。他用胳膊猛地抓住了我，将我拉出房间，拖向崎岖不平的楼梯。他在惊慌中弄掉了蜡烛；但此时已接近破晓，些许微弱的灰色光线透过灰尘覆盖的窗户照进了屋里。我一路上跌跌撞撞，却没能让房间的主人放慢片刻。

"快跑！"他仍在尖叫着，"想活命就快跑！你根本不知道你做了什么！还有些事我没有告诉你！有些事情我必须要做——是那幅画告诉我的！我必须要守卫它，要保全它——现在最糟糕的事情就要发生了！她和那头发会从坟墓里爬出来，天知道它们想要干什么！"

"快跑啊，孩子！看在上帝的分上，趁着还有时间，赶快走！你要是有车，就载着我一起到吉拉多角去。不管我在哪里，可能我终究还是逃不过它的魔爪。但我也不能坐以待毙。快走——快！"

当我们跑到一楼的时候，我隐约感到房子后面传来一阵缓慢而古怪的敲击声，接着又传来房门重重关闭的声音。德·鲁西似乎没有听到敲击声，但其他的声音吸引了他的注意。然后，我从他喉咙中听到了，人类所能发出的最可怕的尖叫声。

"哦，上帝——万能的上帝——那是地窖的门——她来了——"

此时此刻，我正绝望地拧着前门上生锈的门闩和下垂的铰链，几乎和房主一样，状似癫狂。我听到一阵缓慢而沉重的脚步声从这该死的房子后部的房间传来。夜雨将这橡木的门板浸泡变形，这笨重的大门卡住了，比我昨晚破门而入的时候更难推动。

那个逐渐逼近的东西踩在了远处的地板上，发出咯吱咯吱的声响；这声音似乎湮灭了老人最后的一丝理智。他发出了一声疯牛般的怒吼，松开了紧抓着我的手，冲向右边敞开着的大门，跑进了别的房间——那里可能就是前厅。片刻之后，我终于拉开了前门，寻找逃生之道，同时也听到了清脆的玻璃碎裂的声响——我猜他肯定是跳窗逃跑了。我越过那摇摇欲坠的门廊，沿着杂草丛生的长长车道发足狂奔，但那死气沉沉的脚步声并没有跟着我，只是反复不断地从大门后满是蛛网的前厅里传来。

我越过荒废车道上芒刺、荆棘丛生的灌木丛，穿过那些奄奄一息的椴树和形状奇诡的矮橡木，在十一月阴云密布的清晨，借着阴沉苍白的熹微晨光向前狂奔；在此过程中，我只回头看了两眼。第一次，是因为我闻到一股呛人的味道，随后想起了德·鲁西掉在阁楼上的那支蜡烛。这时候，我已经离公路不远了，站在高处，能清晰地看到远处那栋大宅群树环绕的屋顶；正如我所料，滚滚浓烟正从阁楼的天窗中源源不断地涌出，盘旋着升入铅灰色的天空。大火会将这个古老的诅咒彻底净化，将它从这个世界上永远抹除掉；我开始由衷地感谢起造物主伟大雄浑的力量来。

但在稍后的回身一瞥中，我看到了另外两个东西——正是它们，犹如当头一棒，将我刚刚倾吐掉的些许块垒重新堆叠起来，并给我带来了永无止境的折磨。我刚刚也提到了，此时我正站在车道的高处，种植园的大部分地方都能尽收眼底。其中不仅包括那栋大宅与周围的树木，还有河边一些早已废弃、部分被水淹没的平地，以及我之前匆忙跑过的几个杂草丛生的弯道。在后面这两个地方，我看到了一些东西——或者说，我觉得自己看到了些东西——不过，我由衷地希望自己能否认那些东西的存在。

其实，正是远处传来的一阵模糊的尖叫声让我回头看了第二眼。我转身的时候，正好看到大宅后面荒凉的沼泽平原上有什么东西正在移动。在这个距离上，远处的人影看上去很小，但我还是能分辨出来有两个人——追逐者和被追逐者。我甚至还觉得，自己看到领先的那个穿着黑色衣服的身影，被后面那个秃头赤裸的身影追上，并牢牢抓住了——而且还被野蛮地拖向那着火的大宅。

但我没能看到最终的结果，因为距离我更近的视野中出现了一些扰动。我看到身后不远处、沿着废弃车道的矮木丛开始轻微地摇动起来。很明显，这些杂草、灌木和荆棘并不是因风而动；摇动它们的好像是一条迅捷的大蛇，而它正贴着地面、目的明确地蜿蜒蠕动着，向我的方向追来。

我觉得自己离崩溃不远了。我顾不上撕裂的衣服和被划伤的身体，连滚带爬地奔向大门，跃进停在那棵巨大的常绿植物下的敞篷车里。车里腌臜一片，被雨水浇透了，但功能上似乎没受影响，我没怎么费劲就发动了汽车，朝着车头正对的方向盲目地踩下了油门。此时，我的脑海一片空白，只想着尽快远离这个充斥着梦魇与邪恶的地方，有多快跑多快，能跑多远跑多远。

沿着公路开了三到四英里，一位农夫拦住了我。他人近中年，面带和善，说话温暾，性情淳朴。尽管我知道自己现在定是一副凌乱不堪的模样，但还是开心地减了速，准备找他问清方向。那个人欣然地为我指明开往吉拉多角的方向，还问我是从哪里来的，为什么会在清晨时分如此穿着打扮就上了路。我觉得还是谨言为妙，于是仅仅描述个大概——我告诉他自己在行程中遭遇夜雨，只能躲进附近的一家农舍里避雨，雨停后寻找自己汽车时又在灌木丛里迷了路。

"你说农舍，是吧？真不知道你住在谁家。这附近只有吉姆·菲瑞斯家的房子，那还是在剥树皮工小道的另一边，沿着路要走上二十英里。"

我吃了一惊，暗暗思索着他话中的意思。接着，我向他询问是否注意过在我们身后不远的地方，路边那座荒废的种植园大屋。

"外乡人，你竟然知道那个地方，可真奇了。你之前肯定来过这里。不过那房子早就没了，五六年前就烧掉了——然后，大家就开始传那些怪事儿。"

我打了个寒战。

"你说的是'河畔'庄园——老德·鲁西家的房子。十五到二十年前，那地方可邪门啦。老头的儿子娶了个外国媳妇儿，有人就觉得，那姑娘来历有古怪。那张脸不讨人喜欢。后来，那个女人和他家儿子突然不见了，再后来，老头说他儿子在战争中死掉了。但那里的用人也说过奇怪的事情。最后，周围都传说那个老头子爱上了那个女人，所以他把那个女人和儿子都干掉了。还说那附近还有一条大黑蛇出没，也不知道是什么意思。

"五六年前，老头也失踪了，房子也烧掉了。有些人说是老头自焚的。那也是一个前一晚下过雨之后的早晨——就和今天一样——许多人都听见田地那头传来了老德·鲁西的尖叫声，特别吓人。等大家停下手里的活儿过去看的时候，那房子都冒上烟了，一眨眼火就起来了——就算下着雨，那房子也烧起来了，就好像特别易燃似的。从那以后就再没人见过老头，不过每隔一段时间，他们就传说那条大黑蛇阴魂不散，还在四处游荡。

"不过，你问这个干什么？你好像知道那个地方。你没听说过德·鲁西家族吗？还是你觉得那个丹尼斯小子娶的那个女人有什么问题？所有人对她又怕又恨，可就是说不出为什么。"

我强迫大脑开始思考，但眼前这个状况让我完全理不清思路。那房子几年前就烧毁了？那我是在什么地方过的夜呢？那昨晚的故事、这一切的梗概又是在哪儿听到的呢？就在我思索这些问题的时候，我瞥见自己的外套袖子上黏着一根头发——一根短短的灰色头发。那是老人的头发。

最后，我还是一言不发上了车，继续上路了。但我也向那个农夫表明，那个可怜的老种植园主被错怪了，他也承受了很多的痛苦。我强调了自己外乡人的身份，竭力装出一副从朋友处获知此事的样子来——但我还是帮老人澄清了事实：如果在"河畔"庄园的某人必须遭到责怪的话，那也得是马瑟琳娜。那个女人不适合密苏里州的生活，丹尼斯娶她为妻，根本就是个错误。

我没有再透露更多信息，因为我觉得珍视荣誉、精神敏感的德·鲁西家族并不希望我透露太多。上帝啊，即便没有无知乡民在背后指指戳戳，恶意猜测他们古老而纯洁的名声引来了怎样的深渊魔鬼——远古的渎神者、魔怪戈尔贡——他们所承受的东西也已经够多了。

我也不应该把另一些可怕的内幕告诉邻居们。当晚招待我的古怪房子主人没办法亲口说出这件令人憎恶的事情——不过他肯定也从可怜的弗兰克·马什留下的那幅失落的杰作里发现了，就像我发现的一样。

如果让这些乡民知道内情，那就太可怕了。虽然隐约含糊，但马什天才的眼睛绝不会看错，这"河畔"庄园曾经的女主人——那个被埋葬在焦黑地基下填满石灰的墓穴中，活该被诅咒的、至今仍用可憎的蜷曲长发缠绕着艺术家骸骨的戈尔贡，或拉弥亚。难怪她与老女巫索芙妮斯巴之间存在着某种联系——即便那只在血统中占有一点点比例，很容易瞒过其他人。

The Thing on the Doorstep

门外之物

I

我想说我不是凶手——虽然我的的确确向我最好的朋友连开了六枪，可当你看完下面的故事也许就能理解我为什么一再强调自己并不是凶手了。也许一开始，你们会认为真正的疯子是我，而不是那个在阿卡姆疗养院的地窖里被我开枪射死的人。可是，当你看完我的故事之后，你们就不禁会去思考并扪心自问：若不是作者亲身经历，他怎么会相信自己的家门口会发生这么怪诞而恐怖的事呢？

对于那时我所经历的怪诞之事，我相当迷惑，直到现在，我也常常自问：难道我是被误导了？或者我压根儿就疯了？不过仍有人热衷于讲述那些与爱德华·德比和阿萨纳斯有关的怪事，而我对这些事却毫不知情。对于上次那令人胆寒的袭击，就连那些不动声色的警察也束手无策。他们只能试图炮制出一个看似合理的说辞来解释所发生的怪事，比如，他们会说这是奴仆们故意编造的恐怖笑话或是骇人警告，只是想吓唬吓唬大家而已。但其实他们心里都明白，真正令人后怕和难以置信的是事实的真相。

所以我说，我并不是要谋害爱德华·德比。更确切地说，我是想为他报仇，让他摆脱那个一直折磨着他的魂魄，并为他扫除那阴魂不散、没完没了的恐惧。一般来说，我们日常生活轨迹的周边总有那么些黑色地带，一些邪恶的灵魂不时地在其间来回穿梭。碰到这种情况，了解状况的人都会奋力一搏以免发生什么严重的后果。

我是看着爱德华·皮克曼·德比长大的，关于他的事情，我都相当了解。他虽比我小8岁，却非常早熟，因此在他8岁，也就是我16岁时，我们就已经有很多共同点了。可以说，当时的小德比，是我所见过的文采最为惊人的小孩，表现相当出众。7岁左右，他就开始写那种忧郁到几乎病态的诗，这让他的家教老师惊讶不已。一个人的性格特征很大程度上受到家庭环境的影响，当然，德比也不例外。德比长期受到私人教育模式的影响，加上父母对他非常溺爱，他的性格难免有些孤僻，自然而然就比其他小孩要早熟得多。德比是家里的独生子，由于体质虚弱，他的父母很是担心，因此他们寸步不离地将他绑在自己身边，没有护士相随，不允许外出。所以他很少有机会和其他孩子无忧无虑地玩耍。毫无疑问，所有的这些都使这个孩子养成了离奇古怪、偷偷摸摸的生活方式——总是活在自我幻想的自由王国里。

可不管怎么说，德比小小年纪，竟有这般学识，着实令人惊叹。尽管我年事已高，但对于他那轻而易举就完成的作品还是相当欣赏的。那时的我，对古怪之事较有兴趣，所以对这个小男孩就有种难得的亲近感。我和德比之所以会对虚幻和奇异之事情有独钟，都是因为我们居住的那个古老、腐朽而又恐怖的小镇——一个曾遭到巫婆诅咒、传说经常闹鬼的阿卡姆镇。尽管镇上的复斜屋顶挤作一团、摇摇欲坠，那些格鲁吉亚式的栏杆也已破烂不堪，但这个小镇仍然在令人恐怖的米斯卡托尼克的低声呜咽中经历了好几个世纪的轮回。

我原本打算为爱德华所写的那本恶魔诗集制作插图的，可是后来，我跑去搞建筑设计了。即使如此，我们之间的友谊也从未受到丝毫的影响。在接下来的几年里，小德比奇特的天赋也得到了迅猛的发展，18岁那年，他以"阿撒托斯和其他几名恶魔"的名义发表了梦魇诗集，这在当时引起了不小的轰动。同时，他还和臭名昭著的波德莱尔派诗人贾斯汀·杰弗里保持着密切的书信往来，这个人写过《巨石阵之民》，但却在拜访了匈牙利的一个邪恶且备受歧视的小村庄之后，于 1926 年尖叫着死在了一个疯人院里。

由于从小备受宠爱，德比根本不能自食其力，也不能很好地处理一些实际事务。他的健康状况虽有所改善，但由于父母的过分溺爱，什么都给他一手操办好，使他习惯于依赖他人，跟个小孩没什么两样。也正因为这样，他从不单独出游、独自拿主意或承担责任。不过要是说他在商业领域或是专业学识领域无法立足，那还言之过早。光从他家里那充裕的财产来看，将来怎么也不会有悲剧发生在他身上。早已是男子汉的德比，至今却仍是小男孩的外貌，颇具欺骗性：金头发、蓝眼睛、小孩的肤质，就连费力蓄下的八字须也不易被人看出来。他的声音软而轻，未经磨砺的生活使他有点儿婴儿肥，但却不是成熟中年男人有的那种大腹便便；羞怯并未使他与世隔绝或成为书呆子，恰恰相反，标准的身高、帅气的脸庞使其成为一个相当有名气的时髦男士。

德比的父母几乎每个假期都会带他去国外走走，可他能较快理解的仅仅是欧洲人的思想和表达的浅层意义。他那诗人般的天赋也不断退化，就连对艺术的敏感和憧憬也只被激发了一半。在那段时间里，我们没少讨论这一情况。至于我，从哈佛毕业之后，便在波士顿建筑师事务所学习了一段时间，并在那举行了婚礼，有了自己的家庭，不过最终我还是回到了阿卡姆镇继续从事我的老本行。自从父亲因身体不佳搬回佛罗里达之后，我们全家就一直定居在阿卡姆索顿斯托尔街的一处家宅里。那段时间，爱德华几乎每晚都会前来拜访。渐渐地，我就把他当作家里的一分子了。他敲门的方式很独特，像某种暗号。每次晚饭后，我总能听到熟悉的敲门声：先是轻快的三次敲击，稍加停顿之后，紧接着又是两次敲击。我不常去他家，可能是因为不习惯自己以一种羡慕的眼光去翻阅他藏书室里那些不断扩充且又晦涩难懂的书吧。

德比的父母不愿意他离得太远，所以德比就在阿卡姆的米斯卡托尼克大学度过了他的大学生涯。他16岁入学，三年就完成了全部课程，所学的专业是英语和法语，其实除了数学和科学，他的每门功课都相当优秀。尽管他也曾羡慕过那些"大胆另类"或"不入流"的风格，也模仿过那些所谓"时髦"的语言、虚假讽刺的姿势和不着边际的行为，可他却从不跟他们混在一起。

大学几年，德比疯狂地迷恋地下魔法。米斯卡托尼克大学的图书馆藏有不少关于地下魔法的图书，也因此闻名各地，享誉至今。以前他对那些古怪和幻想之物不求甚解，而现在，他开始深入探究历史遗留下来的神秘符号和咒语。通常，他读的大都是些离奇古怪的书，像是令人惊悚的《伊波恩之书》、冯·容兹所著的《无名祭祀书》，以及阿拉伯疯狂诗人阿卜杜拉·阿尔哈萨德所写的禁书——《死灵之书》。当然他是在父母毫不知情的情况下看的这些东西。我儿子出生时，爱德华已经20岁了，在得知我是以他的名字为我的新生儿取名为爱德华·德比·厄普顿时，他很高兴。

到了25岁时，孤立于社会和缺乏责任感成为他文学发展道路上的绊脚石，他的作品缺乏新意，书生气太浓，可是这丝毫不影响他成为一个令人惊叹的博学者、一位有名的诗人以及一名想象力丰富的幻想家。我可能是他最亲密的朋友了，因此不管什么问题他都不会求助父母，而是向我讨取意见，不过在重要的理论课题上他总能表现出渊博的才识。由于内向、惰性以及长期对父母的依赖，他至今仍然单身。有时仅仅为了敷衍一下，他才会与社会接触。战争一来，由于他那虚弱的体质和懦弱的性格，只能被长期束缚在家。后来，我被委任为军官去了普拉兹堡，但却没有参战。

时间总是过得很快，爱德华34岁那年，他的母亲去世了，他也因为一些怪异的心理疾病而数月无法生活自理。后来他父亲带他去欧洲散心，虽然身体状况没有显著恢复，他却想方设法让自己看上去好像已经摆脱了疾病的困扰。他所表现出来的兴奋之情看上去有些古怪，好像是从某种看不见的束缚中解脱出来似的。随后，他开始混迹于更加"激进"的大学社团里，完全不顾及自己已是一个中年人，甚至还做出一些极端疯狂的事情来。有次竟然还为一个严重的勒索案买单（钱还是从我那借的），他这样做，就是为了使自己在逃脱父亲注意的同时，还能继续从事自己的事业。那段时间，有关米斯卡托尼克大学学生们的谣言到处都是，相当离谱，人们还在谈论巫术以及一些让人难以置信的怪事。

II

爱德华38岁时遇到了阿萨纳斯·韦特，我猜那时的她才23岁，正在米斯卡托尼克大学修一门中世纪玄学的特殊课程。我一个朋友的女儿之前在金斯堡的霍尔学院见过她，还因为她那古怪的性格而故意避开她。她皮肤黝黑，身材娇小，要不是那双眼睛太过突兀，她的相貌还算是挺标致的，但是她表情里流露出的东西又极易让人疏远她。除此之外，她的出身以及谈话方式也迫使众人想要跟她保持距离。她是印斯茅斯镇韦特家族中的一员。现在，印斯茅斯镇虽然大部分已荒凉，不过有关该地如何衰落以及当地子民的黑暗传说，经历世世代代已集结成册。记录在册的传说除了那次发生在1850年前后的恐怖交易，还谈到一种"不属于人类"的奇怪特征，这种特征只有居住在破旧渔港的古老家族才拥有，除此之外，还有别的一些传说——那些只有守旧过时的美国佬才能想得出并反复念叨的传说。

伊法莲·韦特女儿的身份，让阿萨纳斯的境遇进一步恶化。她是韦特在暮年时期与一个一直戴着面纱的、不知名的女人所生的孩子。伊法莲住在印斯茅斯镇华盛顿街区一个几近衰破的宅邸里，曾有幸到过那个地方的人（因为阿卡姆民俗中是不允许随意参观印斯茅斯镇的），都断言阁楼的窗户都钉上了木板，但每当夜幕降临时，仍依稀能听到从里面飘出来的怪异的声音。据说，那个老头（韦特）在他那个时代里是一位杰出的魔法学徒，传说中他既能随心所欲地在海上兴起风浪，又能不费吹灰之力地将它平息。年轻的时候，我曾见过他一两次，每次都见到他来阿卡姆大学图书馆查阅禁书。那个时候，我挺讨厌他那张贪婪、阴沉的脸，还有那乱作一团的铁灰色胡须。然而颇具戏剧性的是，就在他的女儿进入霍尔学院前（按他的要求，学院院长担任女儿的名义监护人），他却因精神错乱而一命呜呼了，这真是诡异。阿萨纳斯也曾是他的学生，狂热到几近病态，有时候看起来就跟他一样。

在爱德华和阿萨纳斯·韦特约会的消息传开之后，那个曾和她一起上学的、我朋友的女儿便开始不断地向我讲述有关阿萨纳斯的怪事。阿萨纳斯在学校里总是装腔作势地摆出一副魔法师的样子，好像真能完成某些高深莫测的魔法似的。事实上，她一些表面上的成功主要得益于她那异于常人的预测技巧，可尽管如此，她仍妄言自己能呼风唤雨。她右手做出某种动作，就能使任何狗号叫，因此所有的动物都不喜欢她。有好几次，她都用一种非常独特的方式展示一些知识或语言片段。作为一个小女孩，用一种令人费解的睥视和眨眼方式来恐吓自己的同学，再加上她现在的处境，她遭到同学们无情且粗俗的反讽。

然而，让人匪夷所思的是，有确凿的证据表明她的确对其他人产生了影响。毫无疑问，她是一个真正的催眠师。她通过自己特有的方式凝视他人，通常会让对方明显感觉到灵魂的互换——仿佛催眠对象瞬间被转移到魔法师的身体里，透过半壁房间，看到自己的真身，而此时被催眠者的眼睛往往会外凸，且明亮有光，带着一副古怪的表情。阿萨纳斯经常狂妄地宣称意识的本质及其独立于肉体的属性——至少独立于肉体生命活动之外。只是，最令她愤怒的是自己的女儿身。因为她坚信只有男人的头脑才拥有宇宙的力量，独特而又深远。她声称，如果自己拥有男人的头脑，在掌控未知力量上，自己不仅会与父亲不相上下，甚至还会超越他。

爱德华和阿萨纳斯是在一个所谓的"知识分子"聚会上认识的，那次聚会是在一个学生的房间里举办的。第二天爱德华来见我时，嘴里除了她再没别的了。他发现阿萨纳斯兴趣广泛、博学多才，开始不断关注她，而且他还深深迷恋于阿萨纳斯的姿色。我虽从未见过这个年轻的姑娘，就连对她的一些零碎的回忆也都很模糊，但我知道她是谁。看着德比将她抬得如此之高，着实令人遗憾，但我没说什么让他泄气的话，因为我深知，越是阻止越会事与愿违。不过，他并没有向他父亲提及过她。

接下来的几周，我没再听说其他什么事，倒是从小德比那听到了不少关于阿萨纳斯的事。尽管其他人都一致认为，他看起来和自己的真实年龄并不相符，就算他再怎么神勇，也不适合担任他的古怪女神的护卫。大家现在似乎都在谈论爱德华那迟到至中年的殷勤。虽然他懒惰、自我放纵，但也只是稍微有点儿大腹便便，脸上没有任何细纹。相反，阿萨纳斯因经常运用强大的意志力，脸上却提前出现了鱼尾纹。

有次爱德华带着那个女孩来拜访我，我一眼就看出他绝不是单恋阿萨纳斯，阿萨纳斯也时不时地瞄他，但却带着一丝掠食者般的气息。这样我就意识到他们已经很亲密了，很难再将他们拆开。没过多久，我一直崇拜和敬佩的老德比先生来拜访我。他听到他的儿子结交了新朋友的传闻，还巧妙地从"男孩"口中打探到整个原委。爱德华打算娶阿萨纳斯，甚至在郊区寻觅房子。鉴于小德比通常比较听从我的建议，老德比便想让我帮忙去阻止他们那种不明智的恋情。但我觉得对于这件事自己无能为力，最后只能遗憾地拒绝了。这次倒不是因为爱德华的意志薄弱，而是因为那个女人的意志太强烈了。对于一个长期依赖父母的孩子，当决定把自己对父母的依赖转向一个新的、更强有力的人之后，外人无论做什么都已于事无补了。

婚礼在一个月后举行，应新娘的请求，由一个太平绅士主持。至于老德比，他也听从了我的建议，没有提出任何反对意见。他和我们一家参加了那个简短的婚礼，至于其他客人，大都是来自大学里的一群疯狂的年轻人。阿萨纳斯买下了乡下主街尽头的老克劳宁希尔德庄园。

他们还商量在结束了印斯茅斯小镇短暂旅游之后就搬去那儿住，这一路上，他们只带了三个仆人、一些书和部分家居用品。与其说是为了爱德华和他的父亲考虑，不如说出自阿萨纳斯的私人意愿，为了离大学、图书馆以及那些"世故"的人群近一些，阿萨纳斯才想定居在阿卡姆而不是回到故乡。

蜜月过后，爱德华就来我家了，我感觉他看上去稍微有些变化。阿萨纳斯已经让他理掉了那些还稀稀疏疏的胡子，不仅如此，他看上去更稳重、更体贴了。就连他那曾经因年少叛逆而一直板着的脸现在也换成了另一副真切悲伤的表情。我也说不清楚自己是否喜欢他的变化。当然，此刻的他比之前任何时候都更像是一个成年人了。也许结婚是一件好事，朝着独立方向改变只是他摆脱依赖他人的开始，而成为一个负责任的独立的人才是他的终极目标。因为阿萨纳斯很忙，所以这次他是一个人来的。阿萨纳斯从印斯茅斯小镇带回来大量的书和器械，此刻正在对克劳宁希尔德住处及地面进行修复（一提到印斯茅斯小镇，德比不禁战栗了一下）。

虽然她在那个小镇的家相当令人不安，但是小镇上的某些东西却让德比见识了一些奇异的事。在阿萨纳斯的指导下，他现在对深奥学问的探究有很大进步。阿萨纳斯提出了一些大胆又激进的实验，虽然他现在还不能畅所欲言地对它们一一进行描述，但他对阿萨纳斯的力量和意图充满了信心。她那三个仆人也相当怪异，其中的一对老夫妇曾经和老伊法莲生活在一起，偶尔也会隐晦地提到他以及阿萨纳斯死去的妈妈。此外还有一个皮肤黝黑的少妇，相貌异常，浑身散发着鱼腥气味。

III

接下来的两年里，我和德比见面的次数越来越少了。有时候，不经意间几个星期就过去了，其间再也没有听到前门那熟悉的先三下、后两下的敲门声。有时即使他来拜访，带来的也是一次强过一次急促的敲门声。而我去拜访他时，他也不再愿意讨论一些重要的话题了，就连以前每时每刻都在描述讨论的玄学研究，现在也遮遮掩掩地不愿多谈。对于他的妻子，他更不愿多提。自从结婚后，阿萨纳斯衰老的速度惊人，更怪的是现在她看上去像是他们两人中较老的那个了。她的脸上总是呈现出我前所未见的专注和坚定，整个容貌似乎带着令人捉摸不透的憎恶神情。和我一样，我的妻儿也注意到了她的这种变化，所以我们渐渐地不再去他们家了。为此，爱德华不得不承认自己有时会有些孩子气，做事不得体，但他的妻子也都能接受。偶尔德比也会去长途旅游，说是去欧洲，但种种迹象表明他是去了某些不为人知的小地方。

他们结婚一年之后，大家又开始谈论起爱德华·德比的变化。因为是他心理层面的变化，所以大家谈论起来也都很随意，由此还引出了不少趣事。通过不时的观察，人们发现爱德华脸上的表情以及做事风格貌似和他一贯松散的个性不一样了。例如，以前他连车都不摸一下，现在竟然开着阿萨纳斯那强劲的帕卡德车在克劳宁希尔德庄园的车道上来回地穿梭，熟练得像一名老司机。他也总能巧妙地应对各种复杂的交通状况，表现出完全不同于以往的技术和信心。就这样，似乎他一直都处在刚结束一段旅游又开启一段新旅程的状态下。没人能猜得到究竟是怎样的行程，不过他比较中意的还是印斯茅斯镇的小路。

奇怪的是，变化后的他看起来并不那么讨人喜欢。人们说他看起来越来越像他的妻子或年迈的伊法莲·韦特本人了，这种情况罕有发生，只是那么一瞬间，所以看上去才很反常。有时候，这种情形持续几小时后，他就会原路折回去，无精打采地躺在后座上，雇个司机或技工给他开车。同时，他在车技上压倒性的优势非但未能为他日益淡出社交圈（包括，就我而言，对我的拜访）增彩，反而被说成是他早些时候的优柔寡断在作祟——他不负责任的孩子气行为比过去更明显了。随着阿萨纳斯容颜的日益衰老，除了在一些特殊场合，爱德华往往会极度放纵自己，甚至夸张到幼稚的程度，只有当一丝新的忧伤掠过或明白了一些东西时，他才会稍微收敛些。这确实令人困惑。同时，德比几乎淡出了大学同性恋圈子，并不是他们彼此厌恶对方，我们听说是因为他们当下研究的东西非常令人震惊，甚至比其他颓废派还要极端得多。直到婚后第三年，爱德华才开始直率地向我表达他的一些恐惧和不满。

他会在无意中谈到"疯过头了"之类的话，也会阴郁地谈到自己想要"获得认同感"。起初，我并不理会他的这些话，但我总会想起朋友的女儿曾提到的阿萨纳斯对于学校女孩子们的催眠效力——学生们都普遍认为，催眠能将她们的灵魂移到阿萨纳斯的身体内，然后透过房间就能看到她们自己了。每想到此，我便会小心谨慎地问问德比。我的质疑似乎令他大为震惊却又心存感激。他说过些时日会和我进行一次详谈。也就是在这个时候，老德比死了。爱德华极其悲伤，但还不至于崩溃。我觉得对于爱德华来说或许是好事，因为结婚后，他就很少去见他的父亲了，他把对家的那份特殊情感完全倾注到了阿萨纳斯身上。有人说他冷漠无情，特别是他开车时所表现出的那副神采奕奕、趾高气扬的样子，显得越发自我膨胀。可现在他想搬回过去的家族豪宅住，而阿萨纳斯却坚持要待在克劳宁希尔德，理由是她已经完全适应这里。

不久之后，我的妻子就从朋友那里听到了一件怪异的事。那个朋友一直和德比夫妇保持着来往。她曾经到过大街的尽头去拜访他们，看到德比驾着车轻快地疾驰出门，坐在驾驶室里的他一副蔑视的嘴脸，自信得有些怪异。按响门铃后，那个讨人厌的女仆告诉她阿萨纳斯不在家，不过她可以在走之前参观一下他们的房子。透过爱德华书房的一扇窗户，她瞥见了一张闪躲的脸，那张脸上有着痛苦、失败、绝望的表情，让人感到莫名的悲切。那是阿萨纳斯，很难想象一贯专横霸道的她会有如此的一面。但是那个朋友却信誓旦旦地说，那一瞬间向外凝视的充满哀伤与茫然的眼睛正是可怜的爱德华的。爱德华后来对我的拜访更加频繁了。偶尔，他的暗示也不那么隐晦了。

奇怪的是，即使在有着悠久历史、到处充斥着传奇的阿卡姆镇，人们也不相信他说的话。即便如此，他仍能摆出一副真挚又令人信服的姿态，讲述他那所谓的黑暗传说，这不禁让人为他的神智而担忧。他会谈论在荒凉之地发生的可怕会面；在缅因州森林中央的巨大废墟，以及废墟下方的宽阔楼梯直通黑暗的深渊，其间埋葬着许多不可告人的秘密。他还提到，穿过隐形的墙，绕过错综复杂的转角，就能进入其他时空，以及在偏远的禁区里仍允许人们通过极其丑陋的人格互换前往其他世界和不同的时空连续体进行探索。他偶尔会为了证明一些荒唐的暗示，向我展示一些完全令我困惑的东西——这些东西有着变化莫测的色彩和让人费解的质地，在地球上闻所未闻，其疯狂的曲线和表面，令人想象不出有何用途，也不遵循任何几何学原理。他说，这些东西来自外星球，只有他的妻子才知道如何得到它们。每次，德比都是以一种惊恐而混沌的耳语，去暗示一些有关年迈的伊法莲·韦特的东西，他以前偶尔在大学图书馆见到过年迈的伊法莲·韦特。这些暗示从来都是模棱两可的，但看起来似乎一直都是围绕着一些极其恐怖的疑惑展开的，即老巫师是不是真的死了——不光是肉体，还包括精神层面上的。

有时，德比在揭露一些事情时会突然停下来，我想可能是因为，阿萨纳斯已经探知到他在远处某个地方说的话，对他进行了某种心灵感应式的催眠，迫使他停止下来。那种催眠方式，她在学校也展示过。她肯定是怀疑德比向我泄露了一些东西。因为过去几周，她都竭力阻止德比到我这里来，不管是通过言语还是向他使眼色，她对他有种让人难以置信的影响力。克服重重困难后，他才得以和我相见。因为即使他假装去其他地方，也会有一些无形的阻碍来阻止他的行动，使他暂时忘记目的地。奇怪的是，有一次他对我解释，说自己通常是在阿萨纳斯还在路上时才得以和我相见——"用她自己的躯体离开"，他古怪地提到。而阿萨纳斯在事后又总能知晓真相，原因是一直有仆人在留意着他的去向，不过，她也意识到事后若再做出任何过激的行为是不妥当的。

IV

那年八月，我收到一封缅因州发来的电报，那时德比结婚已经三年多，我已经有两个月没见过他了，听说他"出差"去了。虽然听说德比家楼上那挂有双层窗帘的窗户下还站有他人，可阿萨纳斯应该是和他一起的。有人还看见仆人们外出买东西。

现在，车桑库克市警察局局长发电报告诉我，有个疯子跌跌撞撞地逃出灌木林，口中胡言乱语，还尖叫着央求我救救他。这个疯子不是别人，正是爱德华，他只能回忆起自己的名字和家庭地址。

车桑库克市位于缅因州，与那片最为原始幽僻的森林地带接壤，四周一片荒凉。要颠簸一天才能到那儿，沿途风景壮观威严却又阴森恐怖。我在当地农场的地窖里找到了德比，那时的他已神志不清，时而狂热，时而冷漠。但他当即就认出我来了，接着便向我语无伦次地念叨个不停，可又说不出什么。

德比嘀咕着："丹，看在老天的分上，该死的恶魔修格斯！往下走六千个台阶……所有可憎之物中最可憎之物……绝不再让她占用我的身体了，后来我才发现自己原来在那里。真他妈倒霉！你知道吗？莎布－尼古拉斯这个邪神从祭坛上升起，同时还有五百来只幽灵在其上空发出阵阵哀号——这群头上长有顶冠的怨鬼不断哀鸣，发出'Kamog!Kamog!'的声音，而'Kamog'正是老伊法莲在秘密聚会上的暗名。我在那儿，她答应过不会带我去那儿的。被锁进图书馆前的一瞬，我正站在我妻子向我许诺的地方，她曾向我承诺她不会再附身于我。没想到的是，转眼间，就在那里，她的灵魂侵入我的躯体后随即飘然而去，去往这个彻头彻尾亵渎神灵的邪恶之坑，那里的黑暗王国正在诞生，守护者看守着大门。我看到了恶魔修格斯——它已改变了形状——这点儿我无法忍受——要是她再如此对我，我就杀了她！我会杀了那个东西……她！他！还有它！我发誓，我一定会杀了它的！我要亲手杀了它！"

　　我花了足足一个小时才让他平息下来。第二天，我在当地镇上给他买了几件像样的衣服，便和他一起返回阿卡姆镇。他在歇斯底里地发泄完怨怒之后，现在需要安静一会儿。当车驶过奥古斯塔时，他暗自嘀咕了几句，这或许是因为该地景观勾起了他不愉快的回忆。很明显，德比并不想回家，考虑到他妻子对他的催眠折磨，再加上他一直陷在对妻子荒诞的错觉中，我认为他不回家会更好。尽管这样会使阿萨纳斯不悦，我还是决定让他跟我住一段时间，然后，再帮他和妻子离婚。毫无疑问，德比在精神上的问题使这场婚姻成为一场自杀。当我们再次踏入州境时，德比就不再嘟囔了，我开车时，他就在我身边迷迷糊糊地打着盹儿。

　　夕阳西下，当我们匆匆驶过波特兰时，德比又开始嘟囔起来，声音比之前更清晰。我听到的都是有关阿萨纳斯的一连串疯言疯语。爱德华整个脑子里都是对她的幻觉，足见阿萨纳斯对他的折磨有多大。德比嘟囔着说，目前的困境只不过是冰山一角。阿萨纳斯正在逐渐掌控他，他自己也清楚地知道，阿萨纳斯永远不会放过自己，这一天迟早会到来的。阿萨纳斯不能一次附身德比太长时间，即使这样，阿萨纳斯不到万不得已也不会让德比自由。阿萨纳斯时常占用德比的身体，前往不知名的地方去参加一些莫可名状的仪式。灵魂交换之后的德比被可怜地锁在楼上。偶尔她也会无法驾驭他的身体，而德比也会突然发现自己又重回到自己的身体里，身处某个荒芜阴森恐怖又不知名的地方；有时她能重新掌握住他，有时又会失败。他经常发现他被搁置在某些地方，最后得自己摸索着回家，或找人载他逃离那可怕之地。

最糟糕的是，阿萨纳斯占用德比身体的时间越来越长，她想成为一个男人——一个真正的男子汉——这就是她附身于他的原因。驾驭他身体一段时间之后，她发觉，德比头脑缜密，但意志薄弱。她相信，总有一天，自己能完全掌控德比的身体，成为像她父亲那样的伟大魔法师，将德比留在女性的躯壳，甚至可能是非人的躯壳里。没错，他现在对印斯茅斯血统的事情已有所了解，当地人与海上来客做了一笔交易……非常可怕。老伊法莲知道这个秘密，在年老时做出一件恐怖之事便能使自己长命，他想要永生。阿萨纳斯也会成功，因为已有先例。

德比一直嘟囔个不停，我转过头端详了他一下，更加确信自己先前对他的观察了，他确实变了很多。奇怪的是，他的身体似乎比以往硬朗了很多，丝毫看不出病态。在他备受宠溺的一生中，这似乎是他首次积极地对身体进行有效的锻炼。不过有一点我敢断定，德比一反常态地投入运动，并且警惕异常，一定是受到了阿萨纳斯的影响。眼下德比的精神状况却让人十分担忧，他满脑子都是他的妻子、巫术、老伊法莲的传奇之事，以及能让我信服的怪异发现。此时的他正胡乱地喃喃自语着，不停地重复咕哝着一些人名，而这些人名只有在昔日禁书中才能找到。德比所嘀咕的事件之间的高度连贯性犹如神话，不得不让人折服，有时甚至会让我不寒而栗。嘟囔时，德比会时不时地停顿一下，像是为揭穿那可怕的事实而鼓足勇气：

"哦，丹，丹，你不记得他了吗？就是那个眼神狂野、蓄着蓬乱邋遢胡子的疯子。他还恶狠狠地瞪了我一次，这让我永远也不会忘记。现在她也那样凶神恶煞地怒视着我。我知道这是为什么！他是在《死灵之书》里找到那个配方的。我还不敢告诉你页码，一旦告诉你，你就能读懂它了。到那时你便知道是什么吞噬了我。从，从，从，从——从躯体到躯体到躯体——他将永不灭亡，即使肉体已不复存在，生命指示灯也会闪烁一段时间，但他知道如何切断肉体和生命指示灯之间的通道。我会给你一些暗示，也许你能猜测。听着，丹，你知道为什么我的妻子会那么费劲地用自己并不擅长的左手写字吗？你曾经见到过老伊法莲的手稿吗？你想知道为什么我在看到阿萨纳斯匆忙写下的一些便条时会止不住地颤抖吗？

"阿萨纳斯？有这个人吗？为什么他们会质疑老伊法莲肚子里有毒药？又是为什么吉尔曼斯会向别人耳语自己尖叫的样子，就像一个受到惊吓的小孩，他一旦发疯，阿萨纳斯就把他锁在安有软垫的阁楼里，其他人也曾在这个阁楼待过？老伊法莲的灵魂也锁在里面吗？究竟谁锁了谁？他又为什么花费数月寻找头脑缜密、意志薄弱的人？为何他会咒骂自己的女儿不是个男孩？谁能告诉我？丹尼尔·厄普顿，在那令人发怵的楼房里究竟进行着怎样的邪恶勾当？就在这栋楼房内，那怪物却随意摆布着对他充满信任却意志薄弱的、半人半妖的小孩。这种改变是永久的吗——就像她最终将对我做的一样？告诉我，那自称阿萨纳斯的东西无意中写下的字体为何如此不同，以至于你无从辨别她的字迹？"

接下来所发生的事情使德比咆哮的声音比尖叫还要

高上几倍，但瞬间又戛然而止，就像是安了一个机械开关似的。我想起了之前发生在家里的其他类似的情况，那时德比会突然间丧失自信，我想当然地认为，他是受阿萨纳斯的精神力量催发出的一些不可名状的心灵感应干扰，才会瞬间平静下来的。但这次，完全不同于以往，它给我的感觉更多的是恐怖。身旁的这张脸扭曲得已辨不出模样，他全身像触电似的战栗不止——仿佛所有的骨骼、器官、肌肉、神经和腺体都作了自我调整，以适应各种完全不同的姿态，承受来自各方不同的压力。

我死也不会告诉你什么才是最恐怖的！厌恶感像洪水一样把我给湮没了，这种完全陌生和反常的感觉真令人窒息，以至于我虽握着方向盘却变得毫无方向感可言。我身边的人看上去不像是能相伴一生的朋友，而更像是来自外太空的入侵者——一些该死的、被诅咒的未知以及邪恶的宇宙力量。

我驱车缓缓前行了一小会儿，我的同伴一把抓住方向盘，非要我跟他换位置。我们把波特兰城市的灯火远远地甩在了身后，一路上弥漫的尘土让我看不清他的脸，但我从他那闪着光辉的眼睛里觉察到了他异常兴奋的状态，这与平时的他大不一样——很多人都注意到了。爱德华·德比平日无精打采，连大声说话的力气都没有，以前也根本没学过开车，而他今天居然从我手中抢走了方向盘，并对我吆三喝四，要知道我才是车的主人。他一直保持着平日的沉默，这点儿让我在莫名的恐惧中感到些许庆幸。

到达比迪福德以及萨克后，我发现德比更加缄默了，可眼中却迸出令人战栗的火焰。大家说得没错，他每每处于此种心境时，就会像他妻子和伊法莲那般可憎。我并不惊讶于他的这种心境会如此令人憎恶，因为其中确实有一些非自然因素——我听到的尽是些胡言乱语。所以一直以来总感觉那就是一种邪恶的力量。爱德华·皮克曼·德比，这个我穷尽一生才了解的男人，完全是一个陌生人——一个从某个黑暗深渊来的入侵者。

走到那条阴森漆黑之路，他才开始讲话。他的声音是那么陌生，比之前我所听到的更深沉、坚定和果断。不只声音，连腔调和发音也完全变得模糊、缥缈，令人相当不安，但却使我回想起一些模糊的往事。然而，我觉得从德比的话语中，我们多少能察觉出他那意味深长的讽刺。这种讽刺绝非过去德比习惯性模仿的那种华而不实、故作老练的假讽刺，而是带有某种阴森恐怖，四处弥漫，又具有潜在罪恶性的意味。在听完德比那让人齿寒的嘟囔后，我十分惊讶自己能如此沉着镇定。"厄普顿，我希望你能忘了我反抗的事情，"他语重心长地说道，"你知道我有时会精神失常，我想你会原谅我的。这次是你载我回家的，我真的非常感激你。"

"我可能对你说过一些疯狂之事，那些关于我妻子的，还有就是我生活中遇到的那些事，你必须忘记它们。这是我在这个领域用功过度的后果。我的人生哲学充斥着各种理念，它们都那么荒诞不经。每当我心力交瘁时，我那些离奇的人生哲学便会编造出各种幻想出来的具体念头。从现在起，我要休息一段时间，你可能要过一阵才能见到我，但我觉得你也不必为此责怪阿萨纳斯。"

"此趟行程虽然有点儿古怪，却也相当简单。北方森林里有一些印第安人的遗迹——立石阵，以及其他东西——这意味着其中有不少有趣的传说，阿萨纳斯和我正在寻找这些东西。为了寻找文物，我们不辞辛苦，极其艰难，所以那段时间，我觉得自己几乎都快要疯了。回家的话，我还得先派人去取车。相信经过一个月的休息，体力应该会恢复不少吧。"

我完全不记得自己在那次的会话中说了什么，因为自己全部的意识都被同座乘客那令人困惑的疏离感所充斥着。而我对那来自宇宙让人难以捉摸的恐怖之物的恐惧感也愈来愈深，直到最后我开始疯狂地期盼着旅途的结束。德比自始至终都没有减慢车速，当看到朴次茅斯和纽波利波特从眼前飞速闪过时，我却出奇地兴奋。

当车行驶在那条既可绕过印斯茅斯镇又可通向内陆的干线公路的交叉口处，我担心司机会走那条荒凉的路，因为那条路不仅临近海岸，而且还会经过那令人憎恶之地。幸运的是他没走那条路，不过他仍开得飞快，急匆匆地驶过罗利和伊普斯威奇，直奔我们的目的地。我们到达阿卡姆时，差不多已是半夜，不过老克劳宁希尔德庄园的灯还亮着。德比一下车，就不停地向我道谢，随后，我便独自驾车回家。奇怪的是，没有德比的陪行我反倒有种轻松舒心的感觉。这次出行着实令人后怕，我的恐惧感也越来越强烈，然而我却说不出个所以然来。德比说他要离开我一段时间，即使如此，我也不会因此而感到惋惜。

接下来的两个月里，大家都在讨论有关德比和阿萨纳斯的事。有人说德比现在的生活过得越来越有激情，而阿萨纳斯几乎不接见任何来访者了。爱德华唯一一次来我家只是为了拿回他之前借给我读的那些书，当时他开着阿萨纳斯的车——及时地从缅因州取了回来。

当时德比相当兴奋，只客套了几句便走了，很显然，那种状态下他没办法和我讨论任何事。同时，我还发现他按门铃的方式也变了。就像那天晚上，我和德比同行时那种莫名的恐惧感再度袭来，所以当德比说他马上要离开时，我得到某种解脱。9月中旬的一天，也就是德比离开的第二个星期，一些三流大学特意召开会议讨论一些怪事，仿佛他们已经知晓某些事情。更可笑的是，会议的主持者居然是那位臭名昭著的邪教头儿，他前不久刚被逐出英国，之前在纽约还成立了指挥部。至于我，自缅因州驾车回来后，那种恐惧感始终萦绕在我头脑中。我目睹的那次怪异的灵魂转化之事深深地影响着我，自那以后，我便不断地推敲整个事件的来龙去脉，并一直在思考那时的我究竟为何会那么恐惧。

最离奇的传闻是，老克劳宁希尔德庄园的那栋老房子传出的抽泣声，似乎是女性的声音，有些年轻人觉得像是阿萨纳斯的声音。只有在极少数情况下才能听见那抽泣声，有时还会像是被什么掐住喉咙似的，戛然而止。一开始大家还说要为此调查一下，不过很快便打消了这个念头，因为有一天，人们在街上看到了阿萨纳斯，只见她在跟很多熟人交谈，还有说有笑的。听说她还因这段时间的不辞而别而向熟人道歉，也顺便提到了最近有位从波士顿来的客人有些神经衰弱，情绪歇斯底里。然而，人们从未见过阿萨纳斯所说的那位客人。她离开后，人们觉得没什么可说的，自然也就不再去关注那些传闻了。但是随后的一阵子，有人说从克劳宁希尔德家发出的抽泣声中有一两次是男人的声音，这无疑使这离奇的事更加地复杂和神秘了。

10月中旬的一天夜晚，我家前门铃声响了，还是我熟悉的那种先三声、后两声的敲铃方式。开门后，我发现爱德华站在门外的台阶上，那一瞬间，我突然觉得他还是我以前认识的那个爱德华，那个自从上次从车桑库克开车回来后，就再也没看到过的爱德华。此时他表情混乱，时而恐惧，时而狂喜，整张脸都显得十分扭曲。在我关门时，他还悄悄地转过头往外看，像是怕有人跟踪似的。

他笨拙地跟我走进书房，要了些威士忌好让自己那即将崩溃的神经平静下来。随后，我耐着性子没有问他。等到他稳住心神觉得可以开口了，才哽咽着告诉我了一些情况：

"丹，阿萨纳斯已经走了。走之前，我们长谈过一次，当然，是在女仆不在场的情况下谈的，她向我承诺不会再折磨我。要知道我也有一套自我防御的神秘应对方法，只不过一直没告诉过你，所以她最后还是得放弃对我身体的占用。她气冲冲地收拾行李前往纽约，样子十分吓人，可没过一会儿，就急匆匆地去赶那趟八点二十分开往波士顿的火车。我知道人们肯定会对此事议论纷纷，但你知道，我又阻止不了。所以有人问起你时，你就说阿萨纳斯去科考旅行了，至于她身上到底发生了什么事就不必提及了。

"她可能跟她那群可怕信徒中的某一个在一起。但我希望她能搬到西部去，因为那样的话我们就能离婚了，不过，不管怎样，我还是让她向我保证从此离我远点，不要再来干扰我的生活。丹，你有所不知，她不但偷走了我的肉体，还活生生地将我的灵魂从我自己的身躯中驱赶出去，让我跟一名失去自由的俘虏没什么两样，简直生不如死。有时我会故意平躺着身子好让她占用，还假装并不介意，但是我得十分小心，时刻保持警戒以免被她发现我的用意。虽然她能占据我的身子，但还不能完全读懂我的思想，所以我要是足够小心的话还是能为自己做些打算的。她能感觉到的就是我体内的那股抵抗的力量，而这在她看来，我是在白费心思，根本改变不了什么。她也压根没想过哪天我能胜过她，她一直都觉得我拿她一点儿办法都没有……可偏偏就有那么一两道符咒灵验了。"德比扭过头来看了一下，喝了些威士忌，只不过这次喝得比上次还要多。

"今天一早，那些该死的仆人一回来，我就给他们一个个都发了薪水。他们的行为相当粗俗，说话也很不得体，之前还向我提出过条件，让人很厌烦，幸好现在他们都走了。那些仆人跟阿萨纳斯是一伙的，串通好来对付我，因为他们都是阿萨纳斯的亲戚，一群来自印斯茅斯镇讨人厌的乡巴佬。我多么希望能一个人静一静，我讨厌他们临走时假笑的那个样子。不行，我得再雇用那些服侍过我父亲的老家仆，而且越多越好。那样的话，我现在就可以搬回家去住。

　　"丹，你肯定觉得我疯了，不过没关系，在阿卡姆发生过的事就能证明我刚才跟你说的和即将告诉你的事情是真的。就在我们从缅因州回来的那天晚上，在你车上我告诉了你一些有关阿萨纳斯的事之后，你不也目睹过那次灵魂转化之事吗？就在那时她找到了我，并将我的灵魂从我的身体里驱逐出去。我记得的最后一件事就是，当我正要告诉你阿萨纳斯到底是个多么邪恶的女人时，那该死的女人便附身于我，没一会儿的工夫，我的灵魂便被她给拖回了家，甚至还被那群可恶的仆人关在藏书室里，随后他们丢给了我一个甚至称不上人体的恶魔般的躯壳……所以那天跟你同行而归的不是我，而是阿萨纳斯，当时她附身于我，这邪恶的女人，像恶狼般吞噬着我那可怜的身躯。可是不管怎么说，你应该能察觉出当时与你同行的人不是我啊，尽管样貌一直未变，但前后的行为举止、性格秉性都是如此截然不同！"

德比稍加停顿时，我顿时浑身发抖。那时我当然察觉出了前后的巨大差别——但我能相信德比刚才说的那些不可思议的事吗？我还没来得及思考，原本就神经紧张、心烦意乱的德比，变得更加狂野、更加失常了。

"丹，我必须要保护我自己，不得不这么做！要不然在万圣节那天，她就永远霸占我的身躯了——那天她和那群巫术信徒会在车桑库克附近举行一场半夜集会，祭品一旦摆上，一切便成定局，那狠毒的女人一直想要的就将实现，她将永远地占有我的身体，而我可能一辈子都只能在她的躯壳里挣扎了。这样一来，她就如愿地变成一名男子、一个完完全全的男人，那时她一定不会放过我，也许会让我和她那恶心的躯体一起消失，她一直想这么做，甚至很早就有这个想法了。"此时，爱德华的脸部表情狰狞，已扭曲得不成样子，着实令人害怕。接着，他像有什么秘密怕被人听到似的，突然俯下身悄悄地在我耳边私语起来，那张抽搐的脸恰好面对着我，让我很压抑。"上次在你车上，我记得向你透露过啊，你应该有点儿印象的——就是那天附身于我身上的那个灵魂，准确地说并不是阿萨纳斯本人，而是她的父亲，该死的老伊法莲。其实，一年半前我就怀疑了，现在我敢肯定那就是她父亲。偶尔在她放松警惕的情况下，她的字迹会败露她一直想隐瞒的秘密——因为有时她从著作中摘下来的笔记和她父亲所写的手稿像极了，甚至连每一个字的笔画都一样，而且有时她会说一些只有像老伊法莲这样的老人才能讲的话。阿萨纳斯的父亲察觉到自己剩下的时间不多时，便和她交换灵魂——可以说阿萨纳斯是她父亲唯一一个最合适的人选，因为她不仅头脑发达，意志也很薄弱。于是他便像阿萨纳斯占用我的身躯一样，持久地附身于阿萨纳斯的身上，并在她的身上下了毒。难道你没在恶魔——阿萨纳斯的眼中见到老伊法莲的灵魂时常凶神恶煞地怒视着我们？当阿萨纳斯附身于我的时候，难道在我的眼孔中你也没发现过？"

德比气喘吁吁地跟我耳语个不停，在他停下来喘气的时候我也一言未发；随后，他讲话的声音便回归正常了。他当时的状况让我觉得跟精神失常没什么两样，即使这样，我也不想送他去精神病院。也许离开阿萨纳斯后重获的自由和时间能治愈好他。那样的话，我估计德比应该再也不想涉足这种病态的神秘学了。

"丹，剩下的我以后再告诉你。现在我必须好好休息一阵。等我休息好了，我将告诉你那些阿萨纳斯告诉我的恐怖之物，一些溃烂于幽僻之地，借助极少数可怕的祭司之手才能存活下来的古老的恐怖之物。有些人洞悉了宇宙无人知晓之谜，做了无人可做之事。我已经无法忍受了，我要是米斯卡托尼克镇的图书馆馆长的话，就一把火把那本令人厌恶的《死灵之书》和所有让我不安的魔魂给烧了。

"趁现在她不能附身于我，我得尽快离开那个被施了咒的房子，搬回老宅住。我知道，要是我需要帮助的话，你一定会帮我的。你知道的，那些恶毒家仆让我厌恶，但要是大家对阿萨纳斯的事刨根问底的话，该怎么说呢？你看，我又不能告诉他们她现在在哪儿……而且，肯定有些调查者或邪教分子会误解我和她的分手，他们中有些人的想法和行为方式非常古怪。即使我跟你讲了些让你震惊的事，可是不管发生什么，我确信你会站在我这边的。"

那晚，我把爱德华留在家里的客房过夜，第二天早上他看上去镇定多了。于是，我们讨论了些有关他回德比公寓的安排。我希望他能立即做出决定。但是第二天晚上他没有来我这里，不过在接下来的几个礼拜里我经常和他见面。我们尽可能回避那些怪异的事情，讨论了很多有关德比房子翻新的事，以及爱德华曾允诺过的要在明年夏天和我及我的儿子一起去旅行的事。

至于阿萨纳斯，我们几乎没提过她，因为我知道一旦提及这个话题就会惹来更多烦恼和不悦。当然，有关德比和阿萨纳斯的流言也愈传愈凶，不过谈来谈去，不是他们夫妻俩的事，就是发生在克劳宁希尔德家老房子内的离奇事，再没什么新鲜的了。但是，爱德华有件事情做得相当令我不满。他经常给住在印斯茅斯的摩西、阿比盖尔·萨金特以及尤尼斯·巴布森寄支票，这让人觉得那些恶仆在敲诈他似的。然而这些他都没跟我提及过。这件事还是他的管家在米斯卡塔尼克俱乐部赌博时由于激动无意中说漏嘴的。

我很期待明年夏天的旅行，那时我儿子就读的哈佛大学应该放假了，那样的话，我们就能带爱德华去欧洲旅游，好让他放松放松。不过，没多久我就发现爱德华的精神恢复得比我想象的慢很多。因为在他偶尔兴奋激动的时候，还常常表现出恐惧和抑郁的感觉。德比家的老房子整修之事在11月就完工了，可是，他还在不停地推迟搬家。尽管他很讨厌并畏惧克劳宁希尔德，同时，却莫名其妙地沉溺于此。他似乎不愿开始拆除家什，还编造出各种理由来推迟行动。当我向他指明这件事时，他却突然莫名其妙地恐惧起来。之后，我在那里碰到了之前曾服侍过他父亲的那位老管家，还见到了另外一位熟悉的仆人，估计都是德比把他们招回来的吧。有一天，那位老管家跟我说他看到爱德华时不时地在房内鬼鬼祟祟地走来走去，尤其常在地窖里徘徊。在老管家看来，这很诡秘，他担心这样下去会影响德比的健康。我想会不会是阿萨纳斯给德比寄过什么扰乱人心的信，不过管家说从未收到过阿萨纳斯的邮件。

圣诞节那天晚上，德比来看我的时候，他的精神几乎崩溃了。当我正要跟他讨论有关明年夏天一起旅游的事时，他突然尖叫着从椅子上跳起来，满脸的恐慌，浑身战栗不止。这种无休止的恐慌和厌恶感就像一个神志清醒的人突然被幽灵般的噩梦惊吓到那样：

"上帝呀，丹，我的头，我的头都要裂开了，那该死的女魔头直到现在也不放过我，还没完没了地敲打、撕扯着我。这该死的恶魔修格斯呀！还有莎布·尼古拉斯！孕育万千子孙的山羊！"

我急忙将他拽回到椅子上，灌了他一些酒，慢慢地，他不再那么狂躁，平息下来。灌酒时他没有反抗，但嘴唇却一直在动，好似在自言自语。直到后来我才意识到他好像有什么话要跟我说，于是我便低下头尽力去听他的喃喃声：

"她不停地折磨我，其实我早已知道，可是我无力阻挡。施魔也好，装死也罢，始终逃不开躲不掉。她阴魂不散，总是在晚上来，我又挣脱不掉，太恐怖了。哦，上帝啊，丹，如果你能像我一样体会到这种恐惧……"

他突然昏迷过去，我给他垫了一个枕头，让他好好睡上一觉。为了避免谈及他的精神状况，我没有请医生，想尽办法给他的精神留出自我修复的空间。半夜时，他醒来了，我领他到楼上去睡觉，但第二天一早，他却不辞而别。他悄无声息地走了，我和他的管家通电话时，他说德比已经到家了，正在书房门口踱步。

没多久之后，爱德华的身体每况愈下，也没再来拜访我，但我每天都会去看他。每次见他时，他总是坐在他的书房内幻想着什么，两眼发呆，又似乎在听什么，很反常。有时他会说些清醒的话，可是说的总是些琐碎的事情。只要一提及有关他的烦恼、未来的打算或是任何有关阿萨纳斯的事，他就立即狂怒起来。据他的仆人说，德比犯有癫痫症，时常在夜间发作，由于无法忍受疼痛，他迟早会做出自残的事。

后来，我跟德比的私人医生、管家以及律师就德比的事谈了很久，最后请了一名内科医生和其他两名专家医生来，看能否帮忙治疗德比。在医生向德比问了第一个问题后，德比就全身痉挛，样子令人怜悯。于是，当天晚上，我们就开了辆厢式货车将全身发抖的德比送到了阿卡姆疗养院。我成了他的监护人，每周去看他两次。每次去疗养院看他的时候，他都在疯狂地尖叫，低声向我耳语个不停，嘴里还不断重复咕噜着："我不得不这么做，我不得不这么做，要不然它会杀了我，它会杀了我的——在那里——就在那个黑黢黢的地方——妈妈！妈妈！丹！救我——救我——"每次见他之后，我都相当揪心。

他的精神到底能恢复到什么程度，没有人知道，我还是尽量往好的方向想。如果他出院了，那肯定需要一个休息的地方，所以我把他的家仆都叫到德比的老宅去了，我想，德比清醒的时候，肯定也会这么做的。至于克劳宁希尔德这个地方该如何处理，我还没决定，就暂时搁置不管吧，因为那里的布置太复杂，还有很多莫名其妙无法解释的收藏品。同时，我还让德比的家仆每周检查和清扫主卧，吩咐烧炉工这几天都把火给生上，好让德比回家后能安心舒服地休息。

圣烛节①前夕，噩梦还是发生了。可笑的是，在噩梦

发生前，偏偏要让你对其抱有幻想，真是残酷。1月下旬的一天早上，我接到了从疗养院打来的电话，他们说爱德华突然恢复正常，神智也清醒了，还说可能由于脑部严重受损，所以他能回忆起的事件之间没有什么连贯性，但是神志肯定恢复了。当然，他还得留院再观察一段时间，不过可以肯定的是，照目前的情况而言结果肯定差不到哪儿去，德比一周后就能出院了。

挂掉电话后，我兴奋不已，兴冲冲地赶到医院，可当护士领我到爱德华病房时，我却直直地愣在了那里。我所探望的这位病人很有礼貌地伸出手跟我打招呼，不过我当即就察觉到他表现出来的那股古怪的亢奋根本就不是德比的本性。那种令我莫名的恐惧感再次向我袭来。这咄咄逼人的特性不是别人的，正是爱德华的妻子阿萨纳斯的。此时的德比，完全就是阿萨纳斯和伊法莲的再现，他两眼闪烁，说话也咄咄逼人，话语中掺杂着无情的讽刺，就是这种讽刺让我感觉他浑身充满着潜在的邪气。没错，五个月前的那天夜晚，就是他整夜驾驶着我的车。自从他上次来过我家之后，我就再也没见过他，但却让我陷入莫名的恐惧深渊当中。记得上次来我家的时候，他不记得他那套一直惯用的按铃方式，在我家只待了一会儿就离开了。此时此刻的他，同样让我陷入了一种陌生而又无穷的恐惧之中。

随后，他便和蔼可亲地跟我谈及出院后的一些安排事项。尽管他记不清楚最近发生的事情，不过我除了赞同，还能怎么办呢？在这件事情上，我觉得有种前所未有的恐惧感，这里面有些事肯定莫名其妙出了错。现在他就站在我眼前，神志还相当清醒——但他真是我认识的那个爱德华·德比吗？如果不是，那他是谁？真正的爱德华又在哪里呢？应该继续监禁他，还是放了他？又或是将它从地球上彻底消除？他说的每句话都带有讽刺的味道——特别是当他提起之前受严密监禁的那段时间里的所谓自由时，那貌似阿萨纳斯的眼神让人感到一连串怪异和莫名的嘲讽意味！当时的我肯定相当尴尬，随后便欣然避开了。

那两天，我绞尽脑汁一直在想这些问题：到底发生了什么事？透过爱德华脸上那双迥异双眼的，究竟是什么样的心智？我脑子里一直萦绕着这些令人困惑、恐惧的问题，几乎什么都干不了，更谈不上安心工作了。第三天早上，医院又打电话来说病人并没什么异常，一切如故。尽管肯定会有人觉得我随后产生的幻觉受其影响，但我承认当天晚上我的精神几乎快要崩溃了。在这件事情上，我什么也不想多说，但我的疯狂无法解释所有的疑团。

V

第三天晚上的下半夜，我感到无比恐惧，那黑色的致命恐怖一直萦绕在我脑海中，怎么也挥之不去。这一切都起源于午夜前我接的那个电话。当时电话响了半天，可是没人接，于是我便半醒半睡地走下楼去书房接了。我拿起话筒，却没声音。正当我要挂断电话去继续睡觉时，突然隐隐感觉到有微弱的喘息声从话筒的另一端传来。难道有人在十分艰难的情况下试图想要传达些什么？于是我停下听了一会儿，又听到了些咕嘟声响，像是半液体发出的沸腾声，"咕、咕、咕"——让人联想到一些模糊不清又晦涩难懂的单词和断断续续的音节。接着，我问了声："你是哪位？"但无人回应，听到的还是一声声的"咕、咕、咕、咕"。当时我觉得可能是某种机械发出的声音。但接着便想到，就算是破机械，也只能收音而不能发音啊，于是我又说了句："我听不清你说的话，你最好先挂掉电话再问问问讯处。"紧接着，我便听到另一端挂听筒的声音，可能是没挂好听筒，偶尔还能听到嘟嘟的声响。

这件事发生在午夜之前。后来我试着照那个号码打了过去，发现那是从老克劳宁希尔德家打过来的，可那时离女佣离开老克劳宁希尔德家已经整整半周了。我隐约能猜到那天老克劳宁希尔德家大概会是什么样子——无非就是那偏远地窖储藏室内一片狼藉；原就不堪入目、到处都是污垢的衣柜被横扫一空；电话机上那令人困惑不解的记号、那一沓沓作废的信笺，还有令人憎恶的恶臭。那帮可笑的警察用他们那套故步自封的逻辑去逮捕老克劳宁希尔德家的仆人。事实上这次风波发生的时候，那些被解雇的邪恶家仆早已不见踪影。他们说这是家仆们的报复，而我被卷入其中是因为我是爱德华最好的朋友，也是他的监护人。

那群白痴警察，难道那些粗痞的小丑们还会伪造那份手稿？难道他们还认为是那些小丑导致了后面发生的事件？对发生在爱德华身躯上的变化他们视而不见？至于我，现在终于相信了爱德华·德比之前告诉我的一切。在生命的边界之外存在着我们无法想象的恐怖，偶尔人类的邪恶窥视会将其召唤到我们的世界。伊法莲、阿萨纳斯，就是召唤它们的魔鬼，同时也将像吞没爱德华一样吞噬我。

　　我现在能保证自己不会遇到危险吗？这些力量在肉体死亡之后依然存活于世。第二天下午，我从虚脱中恢复，能够走动和说话后，我走到精神病院，开枪打死了他，为了爱德华，也为了整个人类。但是在他被火化前我能保证吗？他的尸体被存放起来，不同的医生为他验尸。简直愚蠢至极！我说了，他必须被烧成灰。我开枪打死他的时候他体内的魂灵不是爱德华·德比，如果是他，我非疯了不可。因为要是那样的话，也许下一个被验尸的就是我现在的肉身。我的意志力并不薄弱，不会让那些恐怖之物动摇。一个身体，里面有伊法莲、阿萨纳斯，还有爱德华的魂灵，还会有谁？我不能就这样被驱赶出自己的躯体，决不能与精神病院里那具浑身弹孔的巫妖交换灵魂。

　　不过我想连贯地讲完最后这段令人极度恐惧的经历。当然，我并不想提及那群笨蛋警察一直忽视的问题，比如，大约快到两点的时候，至少有三名行人在大街上都遇见过那个怪诞且会发出恶臭的矮小东西的相关传说，以及那些烙在某些地方的单脚脚印。我只想谈论一下曾经惊醒过我的那两次门铃声和敲门声的事。不论是门铃声还是敲门声，都似乎掺杂着无奈和些许的绝望，不断相互交替地响着。每一次声响都试图去模仿爱德华的那套老按铃方式——先三声后两声的信号按铃方式。

我醒来时脑子一片混乱。一个模糊的印象在脑海里闪现，站在门口的是爱德华·德比，因为他记得老的按铃方式，而另一个灵魂不记得。是不是爱德华突然恢复正常了？他为什么如此焦急紧张地出现在这里？他是被提前放走的还是私自逃了出来？我裹着浴袍边往楼下走边想：也许他恢复正常后又变得疯狂和暴力，以至于被拒绝出院，只好不顾一切地逃了出来。不论发生了什么，他要是能变回到原来的那个老好人德比，我就要搭救他。

我打开门时，一股散发着令人难以忍受的恶臭邪风朝我扑来，差点将我掀翻在地。我恶心得快要窒息，过了一秒钟才看到台阶上那个矮小、驼背的身影。敲门的应该是爱德华，那这个肮脏恶臭的家伙又是谁？爱德华此刻又去了哪里？明明在门打开的前一秒钟还听到他按响的门铃声。

来访者穿着爱德华的外套，下摆几乎都要触地了，袖子虽卷了上去但仍能掩到手。他头上戴了一顶宽边软帽，帽檐压得很低，一条黑色的丝绸围巾把整个脸遮住了。就在我摇摇晃晃地朝前走时，那个身影又发出一种半流质的声音，这种"咕、咕"的声音我曾在电话中听到过。

与此同时，他还递给我一张写得密密麻麻的纸，上面已经被一支长铅笔的尖端给刺穿了。那股令人作呕、难以言说的恶臭直到现在还令我眩晕，不过我还是一把抓过这张纸，借助过道上的光费力地读起来。

可以确定，这是爱德华的字迹。我们离得如此近，为什么他不打电话而非要写到纸上呢，为什么他的字写得歪歪扭扭、笨拙而粗糙？昏暗的灯光下我辨别不出什么，所以侧着身小心翼翼地返回大厅，那个矮小的人拖着沉重的步伐机械地从我身边穿过，在内门的门口处停了下来。这个古怪的信使所散发出来的气味真令人恐惧，我希望（不要让自己徒劳无功，谢天谢地）我的妻子不要醒来面对这一切。

之后，我读这封信时，眼前顿时一片漆黑，整个膝盖都软了。再度苏醒过来时，我发现自己正躺在地板上。由于害怕，手指僵硬地攥着那张恶心的纸。信上写道：

丹，去疗养院，杀了他，把他彻底除掉。他不再是爱德华·德比了，而是阿萨纳斯，她变成了我的模样，事实上三个半月之前，她就已经死了。我骗你说她离开了，其实是我杀死了她，我也是逼不得已。我们独处时，我正好在自己的身体里，也就是一瞬间，我看到了一个烛台，就朝她头上砸去。要不然到了万圣节那天，她就会永远地霸占我的身体了。

我将她埋在较偏远的地下储藏室里，上面压了一些旧箱子，还清理掉所有的痕迹。第二天早上，仆人们便起了疑心，但他们不敢把秘密告诉警察。后来我把他们都遣送走了，但谁知道他们和那些其他的邪教成员会做出什么事来。

我原以为自己已经恢复正常了，但不承想，没过多久，就感觉脑子像要裂开似的。我知道那是什么，我本该记得，阿萨纳斯的灵魂，或者伊法莲的，是半独立的，只要肉体存在，即使他们死去了，他们的灵魂还能照样运转。她找到我，逼迫我和她交换身体，她硬抓着我的身体，将我掷向她那已被埋于地下室的尸体上。我知道自己接下来会面对什么，所以奋力反抗，逃到精神病院。但是该来的还是来了，没多久我就发觉自己被困在黑暗中，在阿萨纳斯不断腐烂的尸体里，在那堆箱子下面，在我把她埋下去的地方。我意识到，我在疗养院里的身体一定是被她占据了，永久地为她所用了。因为万圣节已过，即使她不在场，祭祀也会发挥作用。她神志清醒，已经准备好向全世界发出威胁。我绝望至极，不惜一切代价也要逃出她的魔爪。

我们离得太远，也找不到电话，所以无法交谈，但我仍可将这一切付诸笔端，不管怎么样，我都要安排好一切，给你捎去这最后的话和警告。如果你仍然珍视世界的和平和安详，就杀了那个恶魔。看着他被火化。如果不那样做，他就会永远地穿梭于不同的身体，生生不息，我也不知道他会做出什么疯狂的事来。远离巫术，丹，那是恶魔所用的伎俩。永别了，你一直都是我最好的朋友。告诉警察一切对他们办案有利的事，真抱歉，将这些棘手的事托付给你。我再也不会被这些事情烦扰了，我将永远安息了。希望你能读到这封信，并杀了那个恶魔，让他永远消失。

你的朋友

爱德华

　　我是后来才读到了信的后半部分。因为在读到第三段末尾的时候，我晕厥了过去。等看到门槛上被暖空气吹拂着的那堆东西时，我又昏迷了过去。那个送信的人已经一动不动，失去了知觉。

　　管家比我要坚强，不但没有晕厥，还打电话报了警。警察来了之后将我抬上楼，放在床上。但是那堆东西到了晚上仍躺在原地，人们纷纷用手帕捂住了鼻子。

　　警察在爱德华怪异的装束里发现的大都是些令人恐惧的液体，还有一些骨头，以及一个凹进去的头盖骨。经牙医鉴定，这个头盖骨是阿萨纳斯的。

Azathoth

阿撒托斯

当时光在这个世界慢慢流逝，人类的思想中便产生了怀疑；当灰色的城市耸入烟雾弥漫的天空，高塔林立，在这昏暗丑陋的阴影之下，便不会有人再梦到太阳或是春天里开满花儿的绿地；当获悉地球被剥去美丽的外衣，满目疮痍，诗人除了用内心已然模糊的眼睛看到扭曲的幻影之外，别无其他可再吟唱；当这些情形纷扰而至，人类天真的希望荡然无存时，有一个人进入了生命之外的旅程，在太空中追寻探索，寻求这个世界的梦想逃离之所在。

　　关于这个人的姓名及生活所在地，几乎无记录可寻，只有天和地知道，尽管传说中那时的世界也是混沌一片。所知道的只有他生活在一个有着高高围墙的城市里，那里只有昏暗中的一片荒寂；他每天都在阴影和混乱中辛苦劳作，傍晚时回到一个房间之中；那间房中只有一扇窗户对着一处昏暗的场地，没有原野或树林，其他的窗户外除了无尽的失望别无其他。从窗户往外望，只看到围墙和窗户，唯有把身体探得更外一些，才能窥视到天上的星星。一个心存学识和梦想的人面对仅有的这些围墙和窗户，用不了多久就会疯狂；住在那房间里的人夜夜把身体探出窗外，仰望苍穹，去追寻这个世界灰色城市之外的点点星光。数年之后，他开始为那些稍大一些的星星命名，当它们从眼前飞逝而过时，他便在幻想中追随而去。最终，他的视野日渐广阔，能看到许多秘密的远景——那是一些普通的眼睛无法看到的所在。一个夜晚，一个强大的气流旋涡产生了，梦幻般的天空膨胀起来，压向那个孤独的观察者的窗户，紧逼而来的还有那沉闷的空气，最终使得那个人成为那令人难以置信的奇迹中的一部分。

在那个紫色的午夜，闪着金光的尘土聚集成旋涡，带着其他世界的芬芳从宇宙空间旋转而来。宁静的海平面巨浪呼啸，闪耀着金光，倾泻而来，令人无法直视；在旋涡的深渊处，出现了奇怪的海豚和海仙女。那旋涡在那个满怀梦想的人身边旋绕，海浪并没有碰到他呆呆地倾斜在窗户之外的身体，却让他飘浮了起来；在无法以人类的日历计数的许多天之后，遥远星球所带来的潮汐才消退，把他轻柔地推进他一直渴望的梦境之中——那是人类早已失去的梦境。潮水一圈圈地围绕着他，把沉睡的他放在太阳升起的那片绿色海岸，那片海岸散发着莲花盛开时的芬芳，闪耀着点点红色的光亮。

Nyarlathotep

奈亚拉托提普

奈亚拉托提普……伏行之混沌……我是最后一个……我要向无尽的虚空讲述所有的一切……

我无法准确地回想那是从什么时候开始的，应该是数月之前的事情了。公众情绪紧张不安至极，这为当时的政治和社会动荡增添了令人浮想联翩的恐惧感，那是丑陋的实际存在之物所带来的危险；对危险的恐惧感在人群中扩散，吞噬着一切，那种危险只能在最可怕的深夜时分才能被想象出来。我想起四处走动的人们那苍白而焦虑的面孔，以及在人群中窃窃私语相互传递的警告和预言，没有人敢去重复或是承认自己耳闻之事。一种极为荒谬的负罪感在这片土地上蔓延，苍穹之外的星球间有闪电划过，令那些身处黑暗和孤独境地的人们不寒而栗。四季的顺序也出现了不正常的变化——秋季时分，天气却一直很热，人们感到害怕，每个人都认为这个世界和宇宙可能脱离了那些已知天神或是未知力量的控制。

也就是那个时候，奈亚拉托提普走出埃及。他是谁？

没人知道，只知道他身上流淌着那个国家最为古老的血液，看起来像个法老。农夫们看到他就会屈膝向他跪下，尽管他们自己也说不清楚为什么要这样做。他说，他重生于那片二十七个世纪之久的黑暗之中，还说他曾经在其他星球上听到一些信息。奈亚拉托提普走遍了这个文明的国度，他皮肤黝黑，身体修长，外貌险恶，总是买回一些奇怪的玻璃和金属仪器，并把它们组装成更为奇怪的仪器。他对科学知识知之甚多——电力学和心理学——并且经常向人们展示电力的应用，将观众们震惊得哑口无言。他的这一举动使得他的声名以不可思议的魔力极快地增长。人们总是会推荐其他人去看奈亚拉托提普，又总是以战栗的恐惧结束。奈亚拉托提普走到哪儿，那里的人群总会噤声无语，之后伴随着数小时噩梦中的尖叫声。在此之前，噩梦中的尖叫绝不会成为公众问题，如今聪明的人们大多希望在那数小时都不要睡觉，那样，城里的那些尖叫声就不会显得可怕，尤其是在那轮苍白的月光洒落点点光亮，投射在桥下流淌着的绿色水面上，或是那耸入天际的塔顶之际。

我记得，当奈亚拉托提普来到我的城市——一个伟大的、古老的、充满无数罪恶的城市。我的朋友告诉了我关于他的事情，以及他的举动所具有的令人无法抗拒的魅力和诱惑。于是我的心燃烧起来，迫切地想去探索他的神秘。我朋友说他所揭示出的信息很可怕，那种可怕超越了我最为大胆的想象；把某样东西呈现在一个置放于黑漆漆房间内的屏幕之上，除奈亚拉托提普外，没人敢做出这样的预言；他擦出的火花可以吸引所有人的视线，哪怕从未有东西吸引过这些人的视线。有一种流言在国外流传甚广：认识奈亚拉托提普的人能看到旁人看不见的景象。

那是一个炎热的秋天夜晚，我随着焦躁不安的人群走进夜色，看着奈亚拉托提普；在那个令人窒息的夜晚，我踏上那无尽的阶梯来到那处压抑的屋子。屏幕上呈现出一片阴影，我看到废墟之中戴有头巾的身影，黄色的邪恶的面孔在塌落的石碑后窥视。我看到了一场世界战役，对抗黑暗，对抗来自无限虚空的毁灭之浪；旋涡在昏暗阴冷的太阳四周呼啸、盘旋、挣扎。火花在观众头顶上方呈现，当那片无比诡异的阴影走出来并蜷缩在头顶上方之时，观看者的头发竟都竖了起来。在那时，比其他人更为冷静且受过科学教育的我，战栗着吐出含糊不清的几个词以表抗议，大概是"欺骗"和"静电"之类。奈亚拉托提普撵走了所有观众，我们从那长长的昏暗楼梯走下去，来到大街上。午夜的大街上潮湿且炎热，一片荒芜。我大声吼叫我不害怕，我从来都不会害怕；其他人也和我一起吼叫起来以自我安慰。我们互相对其他人说，那个城市只是极为相似，它依然存在；当路灯的光亮变得不那么明亮时，我们开始一遍又一遍地咒骂电力公司，随后又为彼此脸上的怪异表情大笑起来。

我相信，我们都能感觉到有某样东西从那泛着青绿的月亮上落下，因为那时我们都只能借着月光行走，带着求知欲，无意识地往前走，仿佛都知道自己要去哪里一样，其实我们都不敢去想。我们看到街道宽泛，路面都是草，仅有一排生锈的金属让人知道这里曾经是电车的轨道。接着，我们又看到一辆电车独自停放在那里，没有车窗，荒废已久。当我们环顾四周时，没有看到倚立在河边的第三座高塔，只看到了第二座塔的轮廓，顶部已是破烂不堪。之后，我们一群人分成了几队，每一队像是要走向不同的方向。一队人消失在左边狭窄的巷子，只留下骇人听闻的呻吟声在回响。另一队往下走进了杂草丛生的地铁入口，咆哮声中夹杂着一阵疯狂的笑声。我所在的一队走向开阔的郊外，我们感受到一股寒意，那种寒冷并不属于这火热的秋季。当人群行至一处黑暗的沼泽地时，我们看到四周竟然有雪，在那地狱般的月光之下，雪面闪耀着光亮。那没有足迹的雪，被怪异的风吹出一道深渊般的黑暗通道，两侧是闪闪发光的黑色雪墙。队伍看起来更窄了，梦魇般地拖着沉重的步伐走向那处深渊。我在后面徘徊着，因为那黑色裂缝在闪耀着点点青光的雪的映衬下更加令人生畏。当我随行的人们在前面慢慢消失时，我想我听到了阵阵哀号所传来的回响。可是我的力量太过于微弱了，像是被前面离去的人们召唤着一般，恐惧而战栗的身体在巨大的风雪之中半飘浮起来，被吸入无法想象的黑暗旋涡之中。

　　我的知觉在尖叫，但我却神志不清地沉默着，只有神祇才知道是怎么一回事。我看到一个令人恶心的影子，它的双手在扭动，不，那根本不能称之为手。那影子盲目地旋转，越过这午夜腐烂的产物，越过那遍地死尸、满目疮痍的世界——那曾经的城市，在阴森的狂风冲刷下，惨淡的星星在天空中显得更低。在这个世界之外，是身影模糊的怪异幽灵；虚空之下，那一排亵渎神祇的庙宇——坐落在难以名状的岩石之上，顶部高耸于令人昏眩之空，若隐若现，超越所有光与黑暗之上。穿过这墓地一般的令人恶心的领域，耳边响起一阵模糊不清却令人发狂的鼓声，还有那尖细、哀怨的单调笛声，那声音自超越时光的黑暗之地而来，根本无法想象；在那重击声和尖细声之下，某种巨大的东西正在慢慢地舞动着，荒谬不堪,令人厌恶之极,那是黑暗的终极之神——盲目、无声、愚蠢的暗夜使者,奈亚拉托提普正是它的灵魂之所在!

Yog-Sothoth

犹格-索托斯

聆听我的召唤

虚空之王

星球迁移者

固本之源！地震之掌控者！恐怖修罗！恐慌之王！毁灭者！荣耀之胜者！混沌虚空之子！地狱守护者！最外层的黑暗之神！多维空间之神！解谜者！秘密守护者！迷宫之主！角度之主！夜鹰之神！最终指向！门之神！开拓者！太古的全能的永生之主！乌姆尔·亚特·塔维尔！伊阿克·塞萨斯！犹格－索托斯·纳弗尔·弗特哈格恩！你的仆人在请求您！

图书在版编目（CIP）数据

不可名状 /（美）H.P.洛夫克拉夫特
（H.P.Lovecraft）著；谢紫薇，程闰闰译. —重庆：
重庆大学出版社，2025.8. —（克苏鲁神话系列）.
ISBN 978-7-5689-5245-3

Ⅰ. I712.73

中国国家版本馆CIP数据核字第2025WV2911号

不可名状

BUKEMINGZHUANG

［美］H.P.洛夫克拉夫特　著

谢紫薇　程闰闰　译

责任编辑　李佳熙　　装帧设计　媛　媛
责任校对　姜　凤　　责任印制　张　策
插　　图　珠子酱　陈　华

重庆大学出版社出版发行

社址　（401331）重庆市沙坪坝区大学城西路21号

网址　http://www.cqup.com.cn

印刷　重庆市国丰印务有限责任公司

开本：787mm×1092mm　1/32　印张：7.5　字数：126千
2025年8月第1版　2025年8月第1次印刷
ISBN 978-7-5689-5245-3　定价：48.00元